Maren Wurster

Das Fell

Roman

dtv

MIX
Papier aus verantwortungsvollen Quellen
FSC® C019821
www.fsc.org

2022 dtv Verlagsgesellschaft mbH & Co. KG, München
Lizenzausgabe mit Genehmigung der Hanser Berlin im
Carl Hanser Verlag GmbH & Co. KG

Umschlaggestaltung: Peter-Andreas Hassiepen, München
Umschlagmotiv: Sandra Haselsteiner
Satz: Greiner & Reichel, Köln
Druck und Bindung: Druckerei C.H.Beck, Nördlingen
Printed in Germany · ISBN 978-3-423-14829-0

Es gab in mir sogar eine seltsame Genugtuung, mich »auszusetzen«, so wie es eine Genugtuung sein kann, sich der völligen Dunkelheit, dem Eiswind, auszusetzen; sich preiszugeben, zu öffnen der ärgsten der Widrigkeiten. Genugtuung? Lust. Lust? Entschlossenheit. Entschlossenheit? Daseinsbedingungsbejahung.

Man kann das freilich auch anders erzählen.

Peter Handke, Der Chinese des Schmerzes

1

Der Schaumstoff knistert in ihren Ohren, quillt auf und drückt sich in den Gehörgang. Das nächtliche Brummen ist noch fein zu hören, dann nicht mehr. Stattdessen: eine hohe schwingende Frequenz in ihrem Kopf. Das Schlucken trocken. Sie spürt, wie die Oberarme sich in den Gelenken drehen und die Matratze berühren. Der Körper sinkt immer tiefer.

Ein Junge schleckt ein Eis, sein Gesicht ganz nah, sie kennt ihn irgendwoher, zwischen dem cremigen Weiß auf der Zunge schauen rosige Knospen hervor.

Ihr Kopf fühlt sich an, als sei er mit durchtränkter Watte gefüllt, das Kissen, auf dem er liegt, ist klamm. Ihr Atem ein feines Rauschen, das ausklingt, dann wird die Luft in ihre Nase zurückgezogen.

Ein Topf in ihrer Hand, sie kann ihn nicht abstellen, weil sich auf Spüle, Herd, Kühlschrank schmutzige Teller stapeln. Ein Föhn liegt dazwischen, das Luftgitter staubig.

Sie dreht sich auf den Rücken, schwerfällig öffnen sich ihre Augen. Die Lampe über ihr ein dunkles Rund. Kurz zittert der Schirm, dann ist wieder alles unbewegt. Die Augen schließen sich wieder.

Vor ihr ein breiter Betonbalken. Sie fährt mit dem Fahrrad auf dem Balken, ihr Tritt setzt sich in eine überraschende Geschwindigkeit um, viel zu schnell, doch sie kann nicht aufhören zu treten. Links, rechts, die Sohlen drücken auf die Pedale, die Kurbel rotiert. Plötzlich knickt der Balken nach links ab, hinter der Kante dunkles Nichts. Sie zieht scharf in die Kurve, Körper und Rad neigen sich. Das Hinterrad rutscht über den Rand.

Sie zuckt zusammen, so heftig, dass sie meint, die Wirbelsäule knacken zu hören, als würde sie vom Reflex der Muskeln gestaucht werden.

Durch die Jalousien fällt das Licht eines Autos, die Streifen werden breiter, länger. Einer beleuchtet längliche Flecken, faserig an den Rändern. Könnten Fingerabdrücke sein, seine vielleicht. Von der Druckerschwärze der Zeitung, die er zur Seite legte, um noch einmal Kaffee zu holen, wobei er auf dem Bettende an ihr vorbeibalancierte und sich an der Wand abstützte. Das Licht huscht zum Fenster zurück, verschwindet dahinter. Sie tastet die Bettkante ab, die staubig ist, die Verpackung einer Tablette liegt da, ein zerknülltes Taschentuch, ihr Telefon. Vier Uhr acht. Zum Entsperren streichen. Ihr Finger folgt der Schrift. Drückt auf Einstellungen, fährt über den eingeblendeten Regler. Das Flugzeugsymbol erscheint und verblasst. Der Name des Telefonanbieters, fünf schwarze Punkte daneben und der Viertelkreis für den Internetempfang. Eins, zwei, drei. In ihrem Kopf hallt die Stimme wie in einer Grotte nach. Sie zieht die Stöpsel aus ihren Ohren, dann zählt sie noch einmal. Die Stimme angenehmer. Das Display wird dunkel. Als sie die Augen schließt: ein helles Rechteck vor dunklem Hintergrund.

Mit dem Telefon in der Hand stellt sie sich ans Fenster. Häuser, Autos, Straße in unterschiedlichem Grau, das Metall glänzt feucht, der Straßenbelag ist matt. In der Wohnung gegenüber geht Licht an und sie tritt einen Schritt ins Zimmer zurück.

In der Küche streckt sie ihren Arm aus. Die Hand gleitet über die Tapete, nach der Zimmerecke über Fliesen und Fugen, berührt die Seitenwand des Buffets und fährt sie entlang. Sie tastet die Vorderseite des Buffets ab, ein Holzrahmen, Glas, glatt, Holz, Glas, jetzt geriffelt, wieder der Holzrahmen. Die andere Seitenwand, weiter über ein Abtropfgestell, ein Regal, Gewürzstreuer drehen sich unter ihren Fingern, wieder Fliesen. Bis sie vor dem Tisch steht, darauf ein Aschenbecher, um die Zigarettenstummel herum bauschige Asche.

Sie setzt Kaffee auf, macht sich eine Zigarette an. Die feuchte Haut haftet am Holz des Stuhls. Sie dreht die Zigarettenspitze am Rand des Aschenbechers, ein glimmender Kegel entsteht. Der Qualm zieht zum gekippten Fenster, hinter dem langsam der Tag blau anhebt und das Schwarz der Nacht auswäscht. Durch den Rauch wird ihr Mund trocken. Sie drückt die Zunge an den Gaumen und schmeckt etwas Metallisches, das sich bis in den Rachen ausbreitet, als sie mit der Zunge über die Zähne fährt. Fröstelnd klemmt sie die Hand zwischen die Schenkel und betrachtet die Wand. In den Strukturen der Tapete entdeckt sie einen Fisch, er hat einen gedrungenen Körper und ein spitzes Maul. Mit dem großen Zeh streichelt sie seinen Bauch. Auf dem Herd blubbert der Espressokocher. Sie drückt mit dem Zehennagel eine Flosse für den Fisch in die Tapete. Luft pfeift aus dem Ventil des Kochers, Kaffee spritzt auf das Kochfeld, das

Aluminium verdunkelt sich. Als sie zur Wand zurücksieht, ist der Fisch abgetaucht. Sie dreht den Herd aus und lässt den Kaffee im Kocher hin und her schwappen, tippt mit dem Finger an das heiße Metall. Die Haut an der Fingerspitze rötet sich, hellt dann auf und schwillt an.

Sie greift nach ihrem Telefon, spürt den Hohlraum der Blase.

mach's gut und viel sonne. karl

Seine letzte Nachricht, an oberster Stelle. Von Mittwoch. Er nicht online. Das Profilbild unverändert: seine dunkle Silhouette aus der Untersicht vor blauem Himmel mit zwei parallel verlaufenden Stromleitungen an einer Ecke des Fotos.

Sie gießt den Kaffee auf die Tischplatte. Eine dampfende Pfütze bildet sich, in die sie mit dem verbrannten Finger fährt. Sie zieht zu allen Seiten Streifen bis an die Tischkante, dann nimmt sie wieder das Telefon in die Hand. Tippt: *Fick dich. Nicht sie.* Hadert. Schneidet den Text aus. Speichert ihn unter »Notizen«. Es kommen noch hinzu:

Fahren wir wenigstens danach weg? Deine Vic

Ist ja nicht das erste Mal. Als Annika damals bei dir geschlafen hat und ich morgens kam, da

Immer nur, worauf du Lust hast – es kotzt mich an!

Bitte bleib mir treu, ich möchte dich

Ihr Spiegelbild hat verklebte Wimpern und gerötete Flecken unter den Augen. Sie putzt sich die Zähne, gurgelt mit Mundspülung und reinigt die Zunge mit dem Schaber. Unschlüssig verharrt sie. Sie dreht den Kopf, presst das Kinn zum Brustkorb und befühlt den Wulst, zieht an der Haut, bis sie aus den Fingern gleitet. Sie umfasst ihre Brüste und hebt sie an. Unter einer ist eine rote Stelle. Als sie genauer hinsieht, erkennt sie den Schwarm roter Punkte, aus dem sich die Stelle zusammensetzt. Sie knetet ihren Bauch, der Nabel versinkt und wölbt sich wieder hervor. Über der Scham verläuft eine Falte, ihr Finger folgt ihr, bis sie sich wie ein Rinnsal an der Taille verliert. Sie dreht sich um und betrachtet ihren Hintern, klatscht mit der Hand auf eine Backe.

Der Vorhang in Karls Schlafzimmer ist zugezogen, hinter dem Wohnzimmerfenster sieht sie die obere Reihe des Bücherregals, die gelbe Lampe hängt von der Decke. Auch wenn sie es nicht sehen kann, weiß sie, dass sich Staub auf dem Schirm gesammelt hat und auf dem Kabel, was aussieht, als wüchse ihm ein Flaum. Sie zieht die Fersen an den Bordstein und legt den Kopf auf die Knie, ihre Haare kitzeln ihr Schienbein. Am Heck des Autos neben ihr klebt ein Sticker, in schwarzer Fraktur und vor rotem Hintergrund steht da »La vida loca«. Erst ritzt sie mit dem Fingernagel in den Aufkleber, dann mit dem Schlüssel in die Lackierung hinein, überkratzt die Worte mit ungelenken Buchstaben, am Ende der Kratzer ballen sich Lack und Klebepartikel: »Die rote Zora«. Als sich Karls Haustür öffnet, erschrickt sie. Zwei Jungen, einer zieht am Schulranzen des anderen, der sich wegdreht und zurück in den Hausflur geht. Sie steht auf, rennt über die Straße und erwischt die Tür, bevor sie wieder ins Schloss fällt. Vor Karls Wohnung verharrt sie eine Weile, bis ihr Atem sich beruhigt. Zieht die Schuhe aus. Stellt sich barfuß an seine Tür und lauscht. Vorsichtig öffnet sie ihre Tasche, zieht langsam den Geldbeutel heraus, die Kreditkarte. Sie steckt sie in den Türspalt, hört und schaut ins Treppenhaus. Zieht die Karte langsam nach unten, das Plastik schabt über Holz. Am Schloss geht es nicht weiter. Sie ruckelt ein wenig an der Karte, die sich biegt. Im Stockwerk über ihr öffnet sich die Tür. Heiß schießt das Blut in ihr Gesicht. Sie zieht ruckartig die Karte raus, greift nach den Schuhen und springt die Treppen hinunter.

Die Haut auf dem Kaffeerest reißt, als sie ihn ausschüttet, und hängt vom Tassenrand. Sie dreht den Hahn auf, die Haut fließt zäh in den Abfluss.

»Victoria, Sie sehen ja gar nicht gut aus«, sagt ihr Chef, als sie ihm einen neuen Kaffee bringt, ein Drittel Milch, drei Löffel Rohrzucker.

»Ihr Geschirr auch nicht.« Sie stellt die Tasse ab.

»Bitte?«

»Ach nichts.«

Sie greift nach den Dokumenten für die Ablage, locht sie. Auf einer Rechnung verschwindet eine Ziffer im ausgestanzten Rund, so dass sie die Summe nicht in die Rechnungsdatei übertragen kann. Sie schüttet die Schnipsel aus dem Locher, tippt sie einzeln mit der Fingerkuppe an, bis sie haften, dreht manche um und schnippt sie dann weg. Nach einer Viertelstunde findet sie eine Fünf, die sich mit dem Bauch an den Rand des Kreises schmiegt. Sie schreibt eine Sechs auf die Rechnung, neben das Loch. Streicht sie durch, eine Fünf, streicht sie wieder durch, eine Vier. Legt das Papier ins Fach für die Wiedervorlage.

Im Internet sucht sie nach Annikas Nachnamen und »Ferienhaus«. Gleich an erster Stelle der Ergebnisse erscheint ein Inserat. »Urlaub für die ganze Familie an der Ostsee.« Drei Zimmer, Haus fußläufig zum Meer, Garten mit großer Terrasse, Waschmaschine, Spülmaschine, Fahrräder, Reinigungsservice auf Wunsch, Haustiere erlaubt. Der Kalender zeigt, dass das Haus erst Ende August wieder gebucht werden kann. Es gibt keine Bilder der Unterkunft, dafür einige Bewertungen, durch die sie klickt. »Perfekt eingerichtet und alles da, wir haben uns sehr wohl gefühlt«, schreibt elisabeth65.

Und auf Annikas Facebook-Seite, die Vic öffnet, heißt es »Urlaaaaaaaaub«, gestern kurz nach zehn veröffentlicht. Das Foto zeigt eine Frau von der Seite, der Wind bläst ihr die dunklen Haare ins Gesicht, sie lacht und hält mit der einen Hand die Strähnen fest. Auf dem Handrücken ein ovaler Leberfleck. Schmale Nase. Lotta hat sie von ihr. Im Hintergrund hellblauer Himmel, ein runder Blendenfleck am Bildrand. Einmal hat Vic sie auf der Fanliste eines »Wein trifft Käse«-Abends in der Markthalle entdeckt, sie kennt ihre Einträge zu Restaurants, Bewertungen für Konzerte, von Baby Universal und Kiki Bohemia. Auf Karls Seite gibt es keine neuen Posts. Vor einigen Monaten hat er sein Profilbild geändert: Lotta, die vor einem Teller Pasta sitzt und eine Nudel in den rot verschmierten Mund zieht. Karl betrachtet seine Tochter vom Rand des Bildes mit einem ernsten, vielleicht auch ratlosen Gesichtsausdruck.

Die dunklen Haare hat er hinters Ohr geklemmt, der Bart ist länger als heute.
Vic rechnet die Fahrtzeit aus. Sie könnten noch unterwegs sein: Vater, Mutter, Kind. Zwei lange Striche und ein kurzer, fast ein Stummel. Zusammengelegt ergeben sie ein Dreieck und die Winkel in der Summe immer hundertachtzig Grad, auch wenn der kleine Strich wächst und die Schenkel auseinanderdrückt. Fast schon obszön, denkt Vic. Und: Ordnung der Mathematik. Ordnung des Lebens. Vielleicht sitzen sie aber auch schon vor dem Haus. Lotta spielt auf der Terrasse mit Steinen. Sie stellt sich Terrakottafliesen vor und sieht die zarten Füße des Kindes über den Ton rutschen. Karl und Annika schauen auf das Meer. Annika greift nach Karls Hand, wie früher, weil die Berührung so vertraut ist.

Ihre Brüste ragen wie kahle Inseln aus dem schaumigen Wasser, die Warzenhöfe zwei seltsame, dunkel abgegrenzte Aussichtspunkte mit jeweils einem Turm. Sie streicht mit den Fingerkuppen darüber, drückt die aufgestellten Warzen zusammen. Ihre Finger wandern zu den Schamlippen. Sie hebt den Schamhügel mit den zu einem schmalen Streifen rasierten Haaren aus dem Wasser, Schaumblasen bleiben darin hängen, platzen und werden zu schmierigen Seifenresten. Senkt das Becken wieder. Mit der Hand schlägt sie auf die Wasseroberfläche.

Die Wärme des Tages strahlt vom Asphalt, Vics Sandalen schlagen zwischen dem Boden und ihren Fußsohlen hin und her. Der Kioskverkäufer greift nach ihrer Zigarettenmarke, noch bevor sie etwas sagt, und lächelt. Sie fährt sich durch die feuchten Haare, ein paar bleiben an ihrem Ring hängen, sie zieht, reißt sie aus, dünn und lang, im Gegenlicht ist der rötliche Ton auszumachen. Sie kauft noch eine Tüte Chips. Drei Jugendliche mit Bierflaschen in der Hand drängen sich an das Verkaufsfenster des Büdchens. Das Mädchen kreischt. Der Junge lacht, fasst ihm in den Nacken und schüttelt seinen Kopf. Der Rock des Mädchens wippt und Vic sieht einen Strapshalter. Der andere Junge fragt in gebrochenem Deutsch nach Zigaretten und rülpst. Er schaut seine Freunde an, sie lachen. Auf der Straße ein Paar auf Fahrrädern, Satteltaschen sind links und rechts an den Gepäckträgern befestigt, am Lenker der Frau flattert eine schwedische Flagge. Die Frau trägt ein ärmelloses Oberteil, ihre Arme sind braungebrannt. »Heimat«, hört Vic den Mann sagen und sieht den beiden nach, wie sie in eine Seitenstraße biegen, beide gleichzeitig und nebeneinander.

Den Schlüssel in der Wohnungstür, sie stockt und atmet durch. Ihr Ärmel bleibt am Türgriff hängen, es ratscht. Sie zündet sich eine Zigarette an und hält das Feuerzeug an einen gerissenen Faden, der rasch absengt. Sie drückt ihre Finger auf die Lunte, ein schwarzer Krümel brennt sich in die Haut. Sie schabt ihn ab, die Stelle riecht synthetisch.

Auf dem Küchenfenster haben Regentropfen den Staub zu kleinen Halbmonden zusammengeschoben. Sie schaut zur Fassade des Hinterhauses, die Flecken werden unscharf, sie fokussiert sie wieder. Mit der Zunge drückt sie die Chips gegen den Gaumen, bis sie brechen, kaut sie zu einer pampigen Masse, die zwischen ihren Zähnen klebenbleibt. Karl kocht gerne für sie. Fish and chips, wenn Lotta dabei ist, oder Pfannkuchen. Wenn sie zu zweit sind, weil das Kind bei Annika ist, oftmals Pasta mit Oliven und Kapern in Tomatensoße – »nach Hurenart«, sagt Karl dazu und: »unser Essen«. Sie schaut ihm zu, wie er mit schiefgelegtem Kopf die Pfeffermühle dreht. Dabei presst er rhythmisch die Lippen aufeinander, entspannt sie wieder und presst sie wieder zusammen. Und sie nimmt nie eine zweite Portion.

Wie ist es in eurem Urlaub? Alles Liebe, Vicki. Sie zögert, drückt dann auf »Senden«.

Steht auf, geht durch die Wohnung, legt sich aufs Bett und schaut die Decke an, dreht sich auf die Seite, der Heizkörper, darüber das Fenster. Sie raucht eine Zigarette auf dem Balkon, dabei zupft sie die vertrockneten Margeriten ab und wirft die Blüten auf die Straße. Sie beginnt, die Kosmetikartikel im Bad wegzuräumen, um die Flächen reinigen zu können, mittendrin lässt sie es bleiben und setzt sich in die Küche. Raucht und starrt auf das Telefon. Bis es vibriert, mit kurzer Verzögerung klingelt. Ein Foto des Vaters ist auf der Anzeige, grauhaarig und bärtig, schmales Gesicht, wache blaue Augen. Sie sind von Falten gesäumt, die bis zum Haaransatz gehen. Seine Stimme klingt verzerrt.

»Vicki, hallo, hier ist Papa.«

»Hallo.« Das O gerät etwas tief.

»Was ist los?«

»Nichts.«

Der Vater spricht mit der Mutter, sagt irgendetwas mit »komisch«. Es raschelt.

»Victoria, was ist los?« Die Stimme der Mutter immer etwas schrill.

»Ich langweile mich. Karl ist nicht da und …«

»Wo ist Karl?«

»Weggefahren.«

»Was hast du denn wieder gemacht?«

»Nichts.«

Die Mutter flüstert mit dem Vater.

»Wie geht es euch denn?«

»Gut. Peter geht morgen auf dieses Satsang mit diesem –«

»Noah.«

»Ja, der. Ich geh shoppen. Kopenhagen ist eine tolle Stadt, diese Meeresluft und die Brücken.«

Sie schweigen beide eine Weile. Dann sagt die Mutter: »Tu was, Victoria, geh joggen, fahr Fahrrad. Warte mal …«

Der Vater wieder. »Vielleicht machst du wirklich einen Fahrradausflug und kriegst den Kopf frei.«

»Ich denk darüber nach.«

»Nicht denken, tun.«

»Okay.«

»Du, wir müssen los. Louise winkt dir. Ich gebe sie dir.«

Die Mutter. »Melde dich, wenn was ist, ja?«

»Ja, danke Mama. Lou.«

Das war ein Wunsch der Mutter, so genannt zu werden, als Vic zehn oder elf Jahre alt war.

2

Sie hält den Lenker, stellt den Fuß aufs Pedal und stößt sich mit dem anderen vom Boden ab. Das Fahrrad holpert über den Bordstein, sie hebt den Hintern und wippt in den Knien nach. Dann tritt sie in die Pedale. Wie oft ist sie diesen Weg schon mit Karl gefahren. Er radelt meist voraus, nach vorne über den Lenker gebeugt, sein T-Shirt etwas hochgeschoben. Dunkle Haare, die vom Saum der Jeans nach oben gedrückt werden. Einmal fuhr sie so nah an ihn heran, dass sie die Haare berühren konnte. Karl wendete den Kopf, lächelte. Ihr Lenker stieß an seinen Arm, das Vorderrad stellte sich schief und sie stürzte. Ihre Hände scheuerten über den Boden, Steinchen gruben sich in die Flächen und hinterließen eine blutige Spur. Lebenslinie mehrfach durchkreuzt, dachte sie und sah Karl an, der abgestiegen war und auf sie zukam.

Die Straße zieht sich gerade, rechts eine eingezäunte Brache, auf der Büsche wachsen, stachelige Gräser, daneben eine industrielle Anlage mit matten großen Fenstern, links Bürogebäude, die ihre tristen Fronten vom Gehsteig hochziehen, das bunt bemalte Tor wie ein Fremdkörper dazwischen. Sie schließt das Fahrrad an einer Laterne an. Musik wummert auf die Straße. Der Mann am Eingang fixiert sie, ein Netz mit fetter Spinne ist auf seinen Hals tätowiert, die

Haare kleben an seiner Kopfhaut. Sie bleibt vor ihm stehen und sieht ihm in die Augen. Sein Blick rutscht zu ihrer Brust, sie verschränkt die Arme und er tritt zur Seite. Ihre Tasche wird durchsucht, im Lichtkegel einer Taschenlampe: ihr Geldbeutel, eine Zigarettenpackung, ein Lippenstift, ein Papierfetzen, Tabakkrümel. Sie schiebt Geld über einen Tresen, ein Stempel wird auf ihren Handrücken gedrückt.
»Welcome to the dollhouse.«
Sie geht über einen Holzsteg, dann kommt sandiger Boden. In einem Holzverschlag legt ein DJ Musik auf, einige tanzen vor der Bude, auf Sofas liegen Menschen, am Rand des Teichs sitzen zwei Jungs, bespritzen einander, die Wassertropfen glitzern im Sonnenlicht. Sie steigt über die Beine eines Mannes. Er lehnt mit dem Rücken an einem Balken und blickt mit wippendem Kopf in den Himmel, die Augen gerötet. Zwei Mädchen wanken an ihr vorüber. Die eine hält sich am Arm der anderen fest, beugt sich nach vorne und lacht. Sandkörner kleben an den nackten Waden der anderen. Auf der Tanzfläche hämmert eine Frau im Bikini mit den Armen in die Luft. Als ein Wassersprenger angeht, jubeln einige. Ein Mann legt den Kopf in den Nacken und geht mit geöffnetem Mund dem Strahl nach, stößt dabei an andere und bahnt sich seinen Weg.
Sie trinkt rasch hintereinander zwei Wodka-Cola und spürt die saure Wärme im Magen. Mit einem Eiswürfel kühlt sie die verbrannten Stellen auf ihren Fingern. Auf dem Weg zur Toilette fragt ein Mann sie nach Ketamin. Sie schüttelt den Kopf. Als seine gierigen Augen sich bereits an einen anderen heften, zupft sie ihn am Ärmel, holt seinen Blick zurück und

fragt nach MDMA. So einfach geht das und sie hält einen gefalteten Papierfetzen in der Hand. Karl macht das sonst. Die kristallinen Krümel bleiben an ihrer feuchten Fingerspitze kleben, sie schiebt sie in den Mund und schluckt. Auf der Zunge ein pelziger Geschmack, dann Taubheit. Sie schluckt einige Male, um sicherzugehen, dass der Reflex noch funktioniert.

Mit einem Bier in der Hand stellt sie sich auf die Tanzfläche,
in das stickige Gedränge der Körper,
in die Musik, die sie aufnimmt,
in sie reingeht,
in ihr vibriert.

Ihre Schamlippen pulsieren, als ein Lichtpunkt über ihre Brüste streicht.

»Geile Scheiße!«

Ein Mann brüllt es in ihr Ohr. Sie sieht sich selbst in seiner Sonnenbrille mit großer Nase und nach hinten fliehendem Gesicht. Die Arme des Mannes pumpen in der Luft, der Mund ist zu einem breiten Lachen verzerrt. Sie schlägt mit den Fäusten auf seine harte Brust, was seinen Mund noch weiter aufklaffen lässt. Sie schiebt seine Brille auf die Stirn, sieht in die Augen eines Kaninchens im Scheinwerferlicht.

Ein Mädchen mit zartem Gesicht lacht sie an, die Augenwinkel verlängert mit schwarzer Mascara, der Strich verknittert, auf Schläfen und Wangen Glitter. Seine Lippen suchen ihre, feuchte Wärme und der Geruch von Avocado, berühren sie kurz. In ihrem Bauch: eine Supernova, heiß und wunderschön. Augen öffnen sich, geweitete Pupillen ziehen sich zusammen. Das Mädchen dreht sich um die eigene Achse, tippelt auf Zehenspitzen, den einen Arm über den Kopf gebogen, den anderen vor dem Bauch, als halte es einen großen Ball.

»Du Ballerina.«
»Rumpelstilzchen.«
»Funkenmariechen.«
»Sternschnuppe.«
»Glühwürmchen.«
»Seepferdchen.«
»Meerschweinchen.«
»Stachelbeere.«
»Rhabarber.«
»Vanilleschote.«
»Seemannsbraut.«

In den Brettern unter ihr, ihrem Hintern, den Oberschenkeln, den Händen, vibrieren die Bässe. Geht jemand über den Steg, kommt ein neuer Rhythmus hinzu. Ihre Füße und die des Mädchens hängen im Teich. Die Wasseroberfläche ist dunkel wie der Himmel, jedoch matt, fast schon blind, während der Himmel klar ist. Die Lichtreflexe einer Diskokugel huschen über das Gelände und die angrenzenden Gebäude. Je weiter entfernt, desto größer, fransiger sind sie. An der Bretterwand, vor der die Kugel hängt, verlangsamen sie sich, werden scharf umrissene Lichtkreise, rücken zusammen, um abermals nervös auseinanderzuströmen und alles zu sprenkeln. Auch das Gesicht des Mädchens, das wie mit einem Kohlestift gezeichnet aussieht, grobe markante Striche auf weißem Papier. Wenn Vic den Kopf nach oben reckt, kann sie durch ein Loch in einer Backsteinmauer den Mond sehen. Sie bewegt den Kopf, spielt damit: Der Mond geht auf und unter.

»Ich finde, du solltest ihnen das Haus demolieren.« Das Mädchen schiebt eine dunkle Locke hinters Ohr und sieht sie mit schiefgelegtem Kopf an. Die Locke rutscht wieder nach vorne. Vic greift nach ihr und reibt sie zwischen ihren Fingern, die Haare knistern. Dann sagt sie: »Ich schlag ihnen die Scheiben ein und dann schlaf ich mit Karl. Annika kann durch das kaputte Fenster zuschauen, wenn sie will.« Das Mädchen lacht, das Firmament aus Glitter in ihrem Gesicht verschiebt sich, die Sterne streben aufeinander zu. Das Mädchen steht auf, bedächtig setzt es die Füße in den Sand. Über die Schulter hinweg schaut Vic ihm zu, wie es mit der Hand seinen Rock hochhält, Gegenstände vom Boden aufhebt und in der Stoffkuhle sammelt. Es breitet sie auf den Brettern aus.

Wiegt einen Stein in der Hand: »Macht kaputte Scheiben. Das, um die Frau von dir fernzuhalten.« Das Mädchen umfasst einen Flaschenboden mit den Fingern, die scharfen Kanten sind nach vorne gerichtet. »Oder du schlägst ihm damit auf den Kopf.« Es deutet auf eine Sandale.

»Dem Pantoffelhelden«, sagt Vic.

Zwischen den Fingern zieht das Mädchen ein Haargummi mit rosafarbenen Kugeln auseinander. »Ob du damit wirklich fesseln kannst.«

Der Stein ist kubisch und grau gemasert. Vic sieht, dass sich grüner Span in den Vertiefungen gebildet hat. Sie lässt ihn von einer Hand in die andere fallen, die Seiten passen genau auf die Flächen. Ihre Finger werden staubig, die Kuppen verfärben sich dunkel. Sie packt ihn in ihre Tasche. Mit dem Haarband bindet sie sich einen Pferdeschwanz, den Rest schiebt sie zur Seite.

»Du Sterntaler.«

Sie beugt sich zu dem Mädchen, berührt seine Wange mit ihrer. Spürt Gegendruck, die Haut fühlt sich samtig an. Die Finger des Mädchens verhakeln sich mit ihren. Es zieht an ihrer Hand, seine Wange löst sich, sein Körper rutscht vor in den Teich und Vic folgt ihr. Der Boden ist schlickig und Vic sinkt mit den Füßen ein, zwischen den Zehen drückt sich Morast durch. Das Mädchen lässt sich nach vorne ins trübe Wasser fallen, ein Spritzer trifft Vics Auge. Sie geht in die Hocke, ihr Kleid saugt sich voll. Neben ihr schwimmt eine Bierflasche. Das Mädchen hat sich im Wasser zu ihr umgedreht. Seine Haare hängen ihm ins Gesicht, sie sind auf der Mitte des Kopfes gescheitelt, seine Schminke verläuft unter seinen Augen. Vic reibt mit dem Daumen die Tusche ab, während das Mädchen nach oben schaut, wie eine Madonna aussieht.

»Da draußen«, es weist mit der Hand in die Luft, »heiße ich übrigens Kitty.«

»Und ich Vic. Also Victoria.«

»Na dann. Besorgen wir uns noch was?«

Der Wind schiebt sie in die Straße hinein. Sie und eine Einkaufstüte, die eine Weile auf dem Gehweg neben ihr herweht, bevor sie von einer Laterne gestoppt wird. Die Straße wirkt wie nach einer Umweltkatastrophe, Giftgas, Chemikalien im Wasser, irgendetwas, das man nicht sieht, das keine Verwüstung anrichtet, aber die Menschen ausradiert hat. Vic fährt zwischen zurückgelassenen Autos hindurch. Ein Plastikstuhl liegt vor einem Café auf dem Gehweg. Eine Werbefahne flattert an der Tür, auf ihr hält eine Frau im Bikini ein Eis an ihre Lippen. Doch es ist niemand da, der ein Bedürfnis entwickeln könnte. Nur sie.

Vor ihrem Haus stellt sie das Fahrrad ab, setzt sich auf den Bordstein und raucht. Wenn sie nicht an der Zigarette zieht, kaut ihr Mund, unwillentlich. Sie berührt den Kiefer und spürt, wie verhärtet die Muskeln sind. Reißt den Mund auf, so dass es in den Mundwinkeln zieht, und legt den Kopf in den Nacken. Über ein Balkongeländer beugt sich eine Rose. Morsche Fensterrahmen, ein roter Papierstern hängt an einer Sprosse, die Sonne wird ihm mit den Jahren die Farbe nehmen, Gardinen und Vorhänge, die leere Wohnungen verbergen. Ihr Rücken juckt, sie fährt mit der Hand in den Ausschnitt, kratzt. Pickelig ist die Haut, die Stellen schmerzen, wenn sie darüberschabt. Rötliche Partikel bleiben unter ihren Fingernägeln zurück. Vor kurzem sah sie in der Straßenbahn eine Frau, die ihre Arme mit einer Nagelbürste bearbeitete und blutige Striemen in ihre Haut riss. Die Frau hatte eine schattige Falte zwischen den Augenbrauen, ihr Blick war auf einen Punkt hinter Vics Schoß fixiert.

In ihrer Wohnung zieht sie die Schubladen auf, holt Unterwäsche, Badeanzug, Socken, ein Kleid, das blaue, zwei Shirts, zwei kurze Hosen, die Jeans, einen Pullover, einen Schal heraus. Dann ein Handtuch. Das Ladegerät. In den Kulturbeutel fallen Shampoo, Duschgel, Rasierer, Bürste, Creme. Die Sachen bilden einen Hügel auf ihrer Kommode. Sie gießt die Blumen auf dem Balkon. Das Wasser sammelt sich in den Untertellern, steigt, wölbt sich über den Keramikrand. Die Haut reißt, es plätschert auf den Boden, spritzt auf ihre Waden und den Fußspann. Ihre Füße hinterlassen feuchte, dunkle Flecken auf den Dielen, als sie in die Küche geht. Dort schaut sie in den Kühlschrank, wirft eine schwarz gefleckte, verschrumpelte Möhre aus dem Fenster in den Hinterhof. Die kullert über den Boden und bleibt neben einer Mülltonne liegen. Den Rest des Rotweins trinkt sie direkt aus der Flasche, stellt die Flasche unter die Spüle. Irgendwo hat sie noch eine Fahrradkarte. Sie packt sie in die Außentasche des Rucksacks, der modrig riecht. Gelbe Grashalme auf dem Innenboden. Sie stopft die Klamotten hinein. Zuletzt nimmt sie den Stein, umgreift ihn mit den Fingerspitzen an den Kanten und geht mit ihm durch die Wohnung. Sie schlenkert mit dem Arm und spürt sein Gewicht. Sie lässt sie ihn in ihrer Hand kreiseln, fühlt, wie rau und hart er ist. Er sackt ab und sie fingert ihn wieder in die Handmulde zurück. Hält ihn an ihre Nase, kalt riecht er und dumpf nach Abgasen. Mit einer Drahtbürste schrubbt sie ihn unter fließendem Wasser, das Grau nun dunkler, er trocknet auf einem Küchentuch. Ihre Finger fahren die Kanten entlang, drehen ihn, fahren wieder die Kanten entlang, drehen ihn wieder. Sie legt ihn im Rucksack ganz nach oben.

Nach einer halben Stunde ist sie wieder auf der Straße und packt den Rucksack auf den Gepäckträger. Der Bügel biegt sich nach hinten, die Konstruktion hält. Der türkische Bäcker an der Ecke zieht die Rollläden hoch. Noch ein Überlebender. Wenn er der Einzige ist, sollte sie mit ihm schlafen, ungeschützt, am besten jeden zweiten Tag und vor allem zwischen dem neunten und sechzehnten Tag ihres Zyklus, seine Kinder austragen. Sie deutet auf die Auslagen und hebt fragend die Augenbrauen. Er nickt und öffnet die Tür.

»Auch noch da?«, fragt sie.

»So früh schon unterwegs?«, fragt er.

Sie kauft belegte Brote, Mandelhörnchen und eine Flasche Wasser.

»Wohin?« Der Mann deutet auf ihr Fahrrad.

»Ans Meer.«

»An einem Tag?«

Sie dreht den Finger in ihre Haare, filzig sind sie und riechen nach Rauch. »Wohl kaum.«

Karl besteht auf Kondome. Einmal nahm sie das zugeknotete Latextütchen mit ins Bad, riss es auf, stülpte es um und führte es in sich ein. Die Fliesen kühl unter ihrem Rücken, der Hintern auf dem Badevorleger. Und wo sie schon so lag und wartete, befriedigte sie sich, ein Bein an die Wand gedrückt, das andere auf dem Klodeckel abgelegt.

In der Innenstadt gerät sie in eine Gruppe von Touristen und mit gelben Mützen auf dem Kopf. Vorneweg fuchtelt der Reiseleiter mit dem Arm. Sie möchte eine Frau überholen, doch die schwankt mit dem Fahrrad von links nach rechts. Schweiß hat auf dem Oberteil der Frau einen länglichen Streifen gebildet. Sieht wie Hiddensee aus, mit der Ausbuchtung in der Mitte. Rügen läge dann an der rechten Flanke, doch die kann Vic nicht sehen, da die Frau nach links lenkt und stoppt. Der Reiseleiter hat die Hand gehoben. Um sie herum quietschen Bremsen. Ihr Vorderrad stößt an ein Hinterrad. Füße stellen sich auf den Asphalt. Sie steigt ebenfalls ab. Der Reiseleiter hat wuschelige Haare und eine spitze Nase. Er weist auf einen Streifen aus Kopfsteinpflaster und erzählt von der Teilung der Stadt. Hinter ihm ein Kiosk, »Nie zu späti« steht auf dem Schild. Sie lässt das Fahrrad in der Gruppe stehen und kauft Zigaretten und ein Bier. Mit einem Feuerzeug öffnet sie die Flasche. Der Reiseleiter zählt Daten auf, Einwohnerzahlen, spricht von politischen Entwicklungen, nennt Namen. Sie mag, wie er von Gesicht zu Gesicht schaut und dann seinen Blick entweder an einen Baum auf der anderen Straßenseite oder an sie heftet. Sie führt die Bierflasche zum Mund.

»Hat noch jemand eine Frage?«

Sie schluckt. »Ich.«

Gesichter wenden sich ihr zu, neben ihr zieht eine Frau die Luft durch die Zähne. Vic spürt, dass ihre Wangen warm werden.

»Ich möchte zur Ostsee. Kannst du mir sagen …«

Der Reiseleiter zögert, mit der Hand drückt er seine Haare gegen die Kopfhaut, eine blasse Stirn zeigt sich. Er nickt mit dem Kopf über die rechte Schulter.

»Am Kanal kommst du gut aus der Stadt raus. Wie es dann weitergeht – ist sicher ausgeschildert.«

»Danke dir.«

Sie stellt die Bierflasche in die Halterung am Rahmen. Schaum quillt hervor und tropft auf den Boden. Als sie nach ihrem Lenker greift, schieben sich die Fahrräder zur Seite. Es ist kurz ruhig. Sie fährt los und dreht sich noch mal um. Der Reiseleiter nickt, seine Locken wippen.

Gerade zieht sich der Kanal. Kleine Schilder, an Stahlpfähle montiert, weisen auf Fahrradrouten hin. Schatten gleiten über ihre Hände und Arme, Balken, löchrige Muster, Linien und großflächige Formen, als ziehe jemand Schablonen vor der Sonne vorbei. Unter einer Brücke feuchte Kühle. Sie zieht den Kopf ein, obwohl es unnötig ist. Danach brennt wieder das Sonnenlicht auf der Haut. Sie schließt kurz die Augen, das Blut der Lider ist knallig, wie das Rot von Coca-Cola.

Zwischen den Bäumen sieht sie einen Turm, der wie ein umgedrehter Kegel aussieht und große Glasfronten hat. Ein Tower. Und jetzt, da sie realisiert, dass sie am Flughafen vorbeifährt, dröhnt auch ein Flugzeug über ihr. Sie legt den Kopf in den Nacken und schaut der Maschine hinterher. Die Luft schwappt in Wellen nach und es riecht nach Kerosin. Sie kommt ins Schlingern, reißt den Lenker herum, die Füße suchen Halt auf dem Boden. Die Zehen werden in den Schuhen nach vorne gedrückt, die Sattelspitze schiebt sich ihr in den Rücken.

Sie setzt sich auf den Boden und raucht. Ihre Hände zittern, sie streckt sie vor sich aus. Die Kippe zwischen den Fingern sieht aus wie ein wütendes Männchen, vielleicht ist es auch nur krank, Tremor, Parkinson. Oder auf Entzug. Sie nimmt ihr Telefon und legt sich auf den Asphalt. Der Boden wärmt ihren Rücken, die Kugeln des Haarbandes drücken in ihren Nacken. Ein Mann joggt an sie heran, die Schritte verlangsamen sich. Sie lächelt und winkt. Die Turnschuhe mit den herausschauenden Beinen und dem restlichen Männerkörper laufen weiter. Als wieder ein Flugzeug über ihr absinkt, macht sie ein Foto.

Der Weg verlässt den Kanal und sie fährt an Schrebergärten vorbei, »Kolonie Napoleon« heißt eine, Gartenzwerge mit in Westen geschobenen Händen. Ein Hund knurrt, als rolle er Kiesel im Maul hin und her. Vic fährt an den äußersten Rand des Wegs, obwohl das Tier hinter einem Zaun ist und sich bald wieder beruhigt.

Allmählich verklingt das Rauschen der Stadt. Sie hört kaum noch Autos und kommt immer seltener an Spaziergängern vorbei. Die Fahrradfahrer tragen nun bunte Brillen, eng anliegenden Polyester und haben ernsthafte Gesichter, definierte Waden. Andere sind mit Satteltaschen unterwegs, großen am Hinter-, kleinen am Vorderrad, manchmal auch mit Zelten und einmal mit einem Rückspiegel, in dem Vic eine faltige Stirn sieht. Sie greift an ihren Oberschenkel, unter dem Fett fühlt sie, wie der Muskel sich an- und entspannt.

Ein Ort taucht zwischen hohen Gräsern auf. Sie merkt, dass sie im Kreis fährt, als sie zum zweiten Mal am selben Haus vorbeikommt, auf dessen Balkon zwei Männer rauchen und die Arme auf das Geländer stützen. Vickidicki findet den Weg nicht. Frank ging auf dem Schulhof an ihr und Silvia vorbei, war von hinten gekommen, und nannte sie so. Silvia kicherte und Frank teilte den anderen seine Wortschöpfung mit. Einer grölte, ein anderer klopfte Frank auf die Schulter.

Links und rechts des betonierten Wegs sind sandige Ebenen, darauf wie hingetupft Büsche. Unter einer Hochspannungsleitung sirrt es in ihren Ohren. Ein Pärchen sitzt auf einer Bank, der Mann küsst die Frau auf die Wange, die beißt in einen Apfel. Als die beiden zu ihr hinsehen, schaut Vic schnell weg.

An einer Uferstelle legt sie sich ein Handtuch über den Unterleib und zieht den Badeanzug an. Als sie die Träger über die Schultern zieht, spürt sie die Unebenheiten auf dem Rücken. Ihre Fingerkuppen fahren darüber. Fühlt sich an wie wund gescheuerte Gänsehaut. Im Wasser muss sie sich überwinden, in die Hocke zu gehen und den ganzen Körper einzutauchen. Ihre Haut prickelt, auf dem Rücken: Nadelstiche. Sie bewegt die Arme, spürt den trägen Widerstand des Wassers.

Lotta stellt sich gerne auf ihre Oberschenkel, wenn sie baden, und wippt in den Knien, jauchzt, und Vic legt die Arme um den Bauch des Kindes. Karl sitzt am Ufer und liest Zeitung, raucht, telefoniert, geht nicht mit ihnen ins Wasser. Dabei haben sie sich zum ersten Mal im Wasser geküsst.

Bei einem Abendessen hatte Karl ihr an einer langen Tafel in einer Galerie gegenübergesessen, dichte dunkle Haare

und ein stoppeliger Bart, am Kinn mit einzelnen grauen Haaren gespickt. Er zog die Jeansjacke aus, sein T-Shirt trug er verkehrt herum, das Schlüsselbein zeichnete sich darunter ab. Später, als sie seinen Körper kennenlernte, fielen ihr noch mehr markante Knochen auf, die großen Knöchel, die Schaufeln seines Beckens, die deutlich hervortraten, wenn Karl auf dem Rücken lag.
Zwischen seinen Fingern, die Kuppen kugelig, mit breiten, kurzen Nägeln, drehte Karl sich eine schmale Zigarette und legte sie auf den Tisch. Was sie so mache, fragte er, und sie erzählte von ihrer Arbeit im Kommunikationsmuseum, in der Verwaltung. Und dass sie gerne in die Museumspädagogik wechseln würde, schließlich habe sie Kunstpädagogik studiert. Karl war freier Architekt und arbeitete für einen Bildhauer, der kinetische Kunstwerke machte. Lieber aber, sagte er, gewänne er im Lotto und ginge gar nicht mehr arbeiten. Dann sprachen sie über die Idee des bedingungslosen Grundeinkommens. Karl würde ein- oder zweimal in der Woche abends in einem kleinen Laden kochen, Vorspeise, Hauptspeise, Nachtisch, zwei Weine, Mund-zu-Mund-Propaganda, zehn, zwölf Gäste. Vic ein Theaterstück schreiben, das in einem Wald aufgeführt würde, zwischen hohen Tannen. Karl: mit der Tochter durch Neuseeland reisen.
»Du hast eine Tochter?«
»Lotta, sie ist fünf.«
Karls Blick veränderte sich. Auch wenn seine Augen weiter auf Vics gerichtet waren, wirkte es, als sei er auf ein inneres Bild konzentriert. Vic trank einen Schluck Wein, Karl

blinzelte. »Und ich bin getrennt, Lotta ist zur Hälfte bei mir und zur Hälfte bei Annika, ihrer Mutter.«

Vic deutete auf seinen Tabak und fragte, ob sie sich auch eine Zigarette drehen dürfte. Karl reichte ihr das Päckchen und ihre Finger berührten sich. Der Filter fiel aus Vics knollig gedrehter Zigarette, sie friemelte ihn wieder in die kreisrunde Öffnung, das Papier knickte und riss zwischen Filter und Tabak ein.

»Darf ich?«, fragte Karl.

Auf dem Treppenabsatz zur Galerie balancierte Vic auf den Fußballen und war dadurch ungefähr so groß wie Karl, der auf dem Gehsteig stand. Sie bliesen den Rauch in die mit Bäumen gesäumte und bedrückend eng wirkende Straße, sahen ihm hinterher, manchmal trafen sich ihre Blicke, bis Vic ihren wieder abwandte.

Karl fragte: »Hast du Lust, tanzen zu gehen?«

Vic taucht unter und öffnet die Augen. Trübe Suppe, denkt sie, zum Trübsal blasen. Luft blubbert aus ihrem Mund. Sie schluckt Wasser und ein schaler Geschmack bleibt zurück. Sie taucht wieder auf und macht einen kräftigen Schwimmzug. Das Wasser strömt an ihren Armen entlang. Die Haut auf dem Rücken schiebt sich zusammen und dehnt sich wieder.

Am Rückspiegel des Taxis hing eine Buddhafigur, deren Pendeln Vic zusah. Dahinter lag unscharf eine breite Straße, auf der Autos rote Lichter durch die Luft zogen. Sie nahm wahr, wie nah ihre Hand neben Karls auf der Rückbank lag. Sie sah ihn kurz an, Karl hatte den Kopf leicht geneigt. Vor dem Seitenfenster schoben sich die bauchigen Buchstaben

eines Graffito vorbei. Sie blickte auf seine Hand, sein kleiner Finger berührte nun ihren.
In den Waschräumen zog Vic Lippenstift nach, schob ihre Brüste in Form und verstrubbelte ihre Haare. Dann folgte sie Karl, der vor der Tür gewartet hatte, in einen Wintergarten. Menschen drängten sich ums DJ-Pult, an dem eine zierliche Frau mit kahl geschorenem Kopf stand, mit der einen Hand presste sie einen Kopfhörer an ihr Ohr, mit der anderen drehte sie an den Reglern des Mischpults, ein aufgeklapptes Laptop daneben.
Vics Beine fanden den Takt, sie trat vom linken auf den rechten Fuß, hob die Hände vor den Körper. Karl wippte in den Knien und drehte sich. Ein Mädchen kam vorbei und drückte einen Stempel in Karls Gesicht, ein violettes Herz prangte auf seiner Backe. Karl deutete auf Vic, die auch einen Herzabdruck bekam.
Karls Hand war zu einer Faust geballt, er öffnete sie über ihrem Kopf und ließ Konfetti auf sie rieseln. Gelbe, grüne, blaue, rote Papierfetzen rutschten über ihr Kleid, ihre Arme, einer pappte auf ihrer Zunge.
»Du Herz.« Karl bohrte seinen Finger in ihre Wange.
»Selber Herz.«
»Das schlägt heftig – von der E. Nicht nur.«
Später lehnte Vic an der Bar und trank ein Wasser. Durch die Scheiben des Wintergartens kam Morgensonne, die sich im Rauch brach. Karl sprang auf der Tanzfläche umher, berührte andere Tanzende, legte ihnen die Hand auf die Schulter, strahlte. Kam zu ihr.
»Es geht immer weiter. Wir können bis Montag früh blei-

ben.« Karl griff nach ihren Händen und schüttelte ihre Arme, die Stöße wellten in ihrem Rumpf aus. »Dann weiterziehen.«

»Ich geh' mal ein bisschen Luft schnappen.«

Im Wind trockneten die feuchten Stellen am Rücken, unter den Achseln und, als sie die Beine öffnete, im Schritt.

Der Urin fließt warm ins kühle Wasser. Sie spürt es an ihren Fingern, die sie auf ihr Schambein drückt. Am Ufer zieht eine Mutter einen Kinderwagen durch den Sand, schwerfällig, die Räder graben sich ein. Sie bleibt kurz stehen, nestelt an ihrem Kopftuch, zieht dann weiter.

Die Spree schob Schaum ans Ufer, als sie nach Hause gingen. Ein Grillboot trieb unbemannt in der Strömung. Die Oktobersonne kroch schwerfällig am Himmel hoch. Eine Frau joggte an ihnen vorüber, zog einen Geruch aus Waschmittel und verschwitzter Synthetik hinter sich her.

»Man könnte fast noch baden.« Karl blickte aufs Wasser und fuhr sich durch die Haare.

»Lass uns baden.« Sie sah ihn an, sein Fingerkamm hatte die Haare zu dicken Strähnen sortiert.

»Du bist verrückt.« Er erwiderte ihren Blick.

Mit vor der Brust verschränkten Armen ging sie neben ihm ins Wasser. Karl ließ sich auf den Rücken gleiten und paddelte einige Meter. Vic schwamm an ihm vorbei.

»Kannst du noch stehen?«, rief er ihr zu.

Ihre Füße suchten Halt im schlammigen Boden, das Wasser reichte ihr bis kurz über die Brust. Karl schritt mit rudernden Armen auf sie zu. Er schlingerte kurz, dann stand er direkt vor ihr. Er legte den Kopf schief, lächelte, feuchte

Wimpern. Fasste in ihr Gesicht, nass und rau war seine Hand, er schob sie über ihren Hals auf ihren Rücken, zog Vic zu sich heran. Legte auch den anderen Arm um sie. Ihre Haut berührte seine nasse haarige Brust. Unter Wasser legte sie ihre Hand auf seine Hüfte und spürte, wie er kurz zurückzuckte. Dann küssten sie sich. Sie saugte sich an seiner Unterlippe fest, seine Barthaare kitzelten.

Beim Abtrocknen überlegt sie, ob sie der Mutter ihren Rücken zeigen und sie fragen soll, wonach er aussieht. Ein Ausschlag vielleicht, eine allergische Reaktion? Die Mutter bläst ihrem Baby ins Gesicht und das Kleine giggelt. Vic lässt es bleiben und nimmt ihr Telefon in die Hand, öffnet das Profil von Annika. Ein neues Titelbild: Sonnenuntergang am Meer, unterhalb der Wolkendecke ist der Himmel orange, darüber blau, die Wellen glänzen im späten Licht. Vic schleudert das Telefon in den Sand. Die Mutter schaut auf. Vic nimmt das Gerät wieder an sich, pustet die Körner aus der Öffnung für das Ladekabel. Drei Personen gefällt das Bild. Sie kennt keinen von ihnen.

Tippt eine Nachricht: *Und, habt ihr beiden es schön romantisch mit Sonnenuntergang und einer Jacke, die du ihr unterlegst?* So wie er ihr damals, nachdem sie aus dem Wasser gekommen waren. Die Buchstaben verschwinden wieder. *Und. Un. U.*

Sie zupft an ihrem Ohr, spürt den durch das Läppchen gestochenen Kanal, knorpelige Vernarbungen im weichen Fleisch, dann schreibt sie einen neuen Text: *Ich möchte dir nur sagen, dass ich auf dem Weg zu dir bin. Dieses Mal bin ich so frei. Vic*

Sie starrt auf das Display, eine Sprechblase fasst den Text grafisch ein und das Gerät gibt ein ploppendes Geräusch von sich. Ein Häkchen erscheint hinter der Nachricht. Sie kramt nach ihren Zigaretten, zündet sich eine an, ohne den Blick vom Telefon zu nehmen. Vom Rauch tränen ihre Augen. Nervös tippt sie auf dem Gerät herum, ohne konkretes Vorhaben. Sie öffnet den Menstruationskalender, eine Blume markiert die fruchtbaren Tage, gerade vorbei. Dann schaut sie sich die Fotos an.
Die Fahrradkette, die Halterung mit der Bierflasche, ein Teil des Lenkers, dahinter blauer Himmel, in den unscharf die Tragfläche eines Flugzeugs ragt.
Kittys Kopf im Türrahmen, der Körper getaucht ins Dunkel des Kassenraums, neben ihr ein massiger Türsteher. Ihre erhobene Hand ist verwischt, sie lacht. Auf der Holzschwelle ein Lurch, orange mit schwarzen Punkten.
Vic im Bett, der Kopf auf einem Kissen, der Bezug ist verknittert. Über die linke Wange läuft schwarze Mascara bis zu ihrem Mundwinkel. Wie ein Schmiss. Der Lippenrand ist faserig gerötet.
Karls Gesicht im Sonnenlicht, ganz nah, von seiner Hand verdeckt. Zwischen den Fingern ein Lachen, das Falten in seine Wangen gräbt, der Augenbrauenbogen wulstig.
Etwas entfernter: Karls Gesicht von der Seite, sonnig beschienen, wie das Wasser im Hintergrund. Ein kopfrunder Schatten auf seiner Schulter.
Dann: Eine Rückenansicht von Karl am Ufer. Der Schatten von Vics Arm und ihren gespreizten Fingern fällt auf das Grau seines T-Shirts.

Ihre Eltern im Garten, Kaffee, Kuchen, das Porzellangeschirr, die geblümten Servietten. Die Mutter bläst mit spitzem Mund Rauch aus, die Hand mit der Zigarette hält sie umgeknickt von ihrem Körper weg, und blickt dabei zur Seite. Der Vater trägt einen weißen Schal. Mit der Kaffeetasse in der Hand lächelt er in die Kamera.
Ein Frühstückstisch mit Kuchen, eine Vase mit Rosen, verpackte Geschenke, eine Luftschlange kringelt sich auf allem. Karls Hand unscharf am Bildrand.
Mehrere, nur minimal perspektivisch veränderte Aufnahmen von Lotta mit fragendem Gesichtsausdruck aus der Untersicht. Die Unterlippe vorgewölbt, weiche Backen.
Karl mit Lotta im Bett, er hat den Arm um den kleinen Körper gelegt. Im Anschnitt des Bildes ist Otfried Preußlers *Der kleine Wassermann* zu sehen.
Eine Serie von brennenden Teelichtern, die jeweils in Formen von Buchstaben auf einem Dielenboden angeordnet sind, I, C, H, L, E, B, D, zuletzt eine Aufnahme des blanken Dielenbodens.
Sie gräbt ihre Zehen in den Sand und öffnet den Kontakt von Alexander. Klickt auf seine Adresse. Vor einem Gitternetz baut sich die Aufsicht eines Dorfes aus, eine rote Stecknadel markiert ein Haus. Sie schiebt die Karte mit den Fingern zusammen, das Dorf bettet sich in eine grüne Umgebung ein, die von grauen und gelben Linien durchfurcht ist, ein Fluss schlängelt sich ungeordnet durch die Grafik. An einer Stelle weitet sich das Blau des Flusses zu einem See, der wie ein plattgewalzter Frosch mit abgespreizten Schenkeln aussieht. Aus einem seiner Zehen fließt der Fluss

weiter. Als sie den Maßstab noch weiter verkleinert, taucht unten ein blau pulsierender Punkt auf, ihr Standort, etwas außerhalb der grauen, zur Mitte hin immer feiner strukturierten Fläche, die Berlin darstellt. Eine Weile beobachtet sie den Punkt, gleicht ihren Atem seinem Puls an.
Hallo, tippt sie in ein Nachrichtenfenster, überlegt, *Alex.* Sie sei mit dem Fahrrad unterwegs und käme wahrscheinlich morgen bei ihm vorbei. Ob er da sei. Sie stellt den Klingelton auf maximale Lautstärke und schiebt das Telefon in die vordere Tasche des Rucksacks.

Die Blätter einer Pappel rascheln im Wind. Wenn sie im Sonnenlicht sind: hellgrün. Im Schatten: dunkelgrün. Sie klingelt und weiß selbst nicht, warum. Die Straße führt an Rapsfeldern vorbei, an einer Wiese mit Mohn und Kornblumen. Sie steigt vom Rad und betastet die filzigen Ovale einiger noch geschlossener Knospen. Halme reiben an ihren Waden. Sie pflückt zwischen Mohn und Korn versteckte Gänseblümchen. Öffnet einen Halm unterhalb der Blüte mit dem Fingernagel, ein milchiger Tropfen entweicht. Sie zieht einen zweiten Halm durch die Öffnung, durch diesen wiederum einen dritten und so weiter, bis der Blütenkranz auf ihren Kopf passt. Beim Fahren testet sie mit den Fingern, ob er noch richtig sitzt.
Ein Notarztwagen überholt sie, nah und schnell fährt er an ihr vorbei und sie muss gegen den Luftzug des Autos lenken. Die Bremslichter des Wagens leuchten auf, er zieht in die Straßenmitte und beschleunigt wieder. Es ist ein Reh, das auf dem Asphalt liegt, den Kopf nach oben gedreht, aus

seinem After quillen Innereien, Fliegen umschwirren sie. Sie hält an und verscheucht eine Fliege, die auf dem unbewegten Augapfel sitzt. Im Fell über der Schnauze trocknet Schleim. An den Rändern hat er bereits seinen feuchten Glanz verloren und verkrustet in den Borsten.

Sie fährt weiter. Wind bläst ihr entgegen, biegt die Gräser am Straßenrand und rauscht in den Gehörgang. Das Treten gleich viel beschwerlicher. Sie lehnt sich über den Lenker, richtet sich wieder auf. Die Straße kreuzt Bahngleise. Das Fahrrad holpert über die Schienen. In den Armen und Beinen spürt sie die Stöße. Versucht, sie in den Gelenken auszugleichen und den Rumpf abzufedern. Über ihr verlaufen Oberleitungen, die durch ein Geflecht aus metallischen Windungen und Haken miteinander verbunden sind und sich zum Horizont verengen, getragen von Masten links und rechts der Gleise. Einen Moment lang ist sie genau in der Mitte dieser Konstruktion.

Ihr Hintern auf dem Sattel schmerzt, dumpf drückt es bis in den Rücken, sie verlagert das Gewicht auf das Schambein, bis auch diese Position unangenehm ist und sie im Stehen fährt und die Anstrengung in den Beinen spürt, wie sie die Pedale runterdrücken. Eine Orgeltreterin, die nur Atem ausstößt, keinen Klang. Ihre Innenschenkel reiben aneinander und sie zählt die Umdrehungen bis zwanzig und fängt von vorne an. Ein Schild weist einen Campingplatz in drei Kilometern aus. Sie rechnet die Umdrehungen des Rades in Meter um, hundert Meter, zweihundert.

Vor ihr auf dem geschotterten Streifen am Straßenrand parken der Notarztwagen und ein Polizeiauto. Drei Männer kommen über die Felder auf die Autos zu, einer hat die Hand auf die Schulter des Mannes in der Mitte gelegt. Beide blicken zu Boden. Der dritte trägt eine Tasche über der Schulter, sein Körper ist von ihrem Gewicht zur Seite geneigt. Er reibt mit dem Fingerknöchel an seinem Auge. Weiter entfernt steht ein Zug auf einem erhöhten Steinbett, eine Person geht an den Schienen entlang. Als sie an den Autos vorbeifährt, hebt der Mann in der Mitte den Kopf und schaut zu ihr herüber, im Wind wippen seine lichten Haare auf und ab. Sie blinzelt und der Mann senkt den Kopf. Ein paar Meter weiter wird die Straße abschüssig und das Fahrrad rollt von alleine.

Die Frau reicht ihr einen Schlüssel und zeigt ihr auf dem Lageplan die Position der Hütte, der Waschräume. Zum Duschen benötige sie Marken, eine reiche für drei Minuten. Im Haupthaus gebe es eine Gemeinschaftsküche mit Wasserkocher und Kaffeeautomaten. Sie nimmt eine Marke.
»Morten«, ruft die Frau in einen hinteren Raum.
Ein hagerer Mann tritt mit gebeugtem Kopf durch den Türrahmen, sein Hals ist sehnig. Nervös schaut er von ihr zu der Frau und zurück.
»Bringst du der jungen Dame frische Bettwäsche? Hütte acht.«
Sie schiebt das Fahrrad über den Platz, an Campingwagen und Zelten vorbei, schleift dabei mit den Füßen über den Boden. An manchen Stellen ist das Gras in Rechtecken plattgedrückt und gelblich verfärbt, Autoreifen haben erdige Furchen gezogen.

Die Hütte hat ein spitz zulaufendes Dach, davor stehen eine Bank und ein Tisch. Der Raum ist holzverkleidet, ein schmales Bett, das Kopfende direkt unter dem Fenster. Links steht eine Plastikkommode, rechts sind zwei Haken an der Wand. Sie setzt sich auf die Stufe zur Tür und legt den Kopf auf die Knie. Etwas Schweres ist in ihrem Brustraum, den Tag über schon zu ahnen, nicht länger zu ignorieren. Wie eine zähe Masse, die auf den Magen drückt.
Morten steht plötzlich neben ihr, auf seinen Unterarmen: Decke, Kissen und Bezüge.
»Kann ich dir helfen?«, fragt sie und schüttelt ihre Arme aus.
Morten sagt leise: »Ja.«
Er greift nach dem Laken, sie auch, gemeinsam ziehen sie es auseinander und stopfen es unter die Matratze. Mit der Hand streift Morten das Laken glatt, seine Bewegungen sind ruckartig und schnell, es dauert, bis sie die Tätowierung auf seinem Unterarm erkennen kann. Ein Boot, auf der Flagge ein Totenkopf, der Strich verwaschen. Er krempelt den Bettbezug auf und sie greift nach der Decke. Als sie ihm die Zipfel in die Hände drückt, kann sie durch den Stoff hindurch fühlen, wie rau seine Hände sind.
»Hübschen Haarschmuck trägst du da.«
Sie nimmt den Kranz vom Kopf ab, betrachtet die welken Blumen in ihrer Hand, einige nackte Blumenkörbe. Die Haut an ihrer Nasenwurzel zieht sich zusammen.
»Entschuldigung.« Sie verlässt den Raum und setzt sich auf die Bank. Morten raschelt mit dem Bettzeug und kommt aus der Hütte.

»Ich weiß nicht«, sagt er betreten.
»Hat nichts mit dir zu tun.«
»Ich gehe mal, kommst du mit den Sachen …« Sein Arm schnellt in die Höhe.
Sie fährt mit den Fingern unter den Augen entlang und versucht zu lächeln. »Wo kommst du eigentlich her? Dein Akzent …«
»Dänemark.«
Er verlagert sein Gewicht von einem Bein auf das andere.
»Und was bringt dich hierher?«
»Weiß nicht, ich arbeite gern hier. Ich war zuerst in Berlin. Das war nicht gut. Und nun bin ich schon zwei Jahre hier.«
Sie nimmt sich eine Zigarette und hält ihm die Schachtel hin.
»Danke.«
Er setzt sich neben sie auf die Bank.
»Habt ihr eigentlich auch Bier?«
Er bläst den Rauch aus. »Vorne.«
»Magst du eins mit mir trinken?«

Am Waldrand hat sich blaue Folie in einem Ast verfangen, bäumt sich auf, sinkt wieder zusammen, um kurz darauf einen neuen vergeblichen Befreiungsversuch zu starten.
»Warum hat es dir in Berlin nicht gefallen?«
Morten setzt die Bierflasche ab und fährt mit dem Zeigefinger eine Spalte in der Holzplatte entlang. Unter dem Nagel ist ein Bluterguss.
»Ich war nicht gut drauf. Ich kam schon kaputt an, aus Ko-

penhagen.« Er hebt den Arm und beschreibt einen Halbkreis damit, dann kratzt er sich am Knie.

»Drogen?«

Er sieht sie an. Wie ein Tier, das aus seinem Bau schaut. »Sieht man, oder?«

Sie schaut wieder zu der Folie. »Irgendwie schon.«

Morten öffnet den Mund, als wolle er noch etwas ergänzen, schließt ihn wieder.

Sie öffnet ihren. »Ich bin heute an einem Selbstmord vorbeigefahren. An einem Zug. Ich habe nichts gesehen, also nichts von dem Toten. Das war zu weit weg. Aber den Lokführer.«

Eine Träne löst sich, eine Nachzüglerin, die sie mit der Fingerkuppe auffängt und betrachtet. Sie rinnt den Finger entlang, verliert ihre kugelige Form und zerläuft in der Gelenkfalte.

»Das tut mir leid«, sagt Morten.

»Er mir auch.«

»Ich meinte eigentlich dich.«

Jetzt sieht sie ihn an. Er zieht an seiner Zigarette, dabei werden seine Wangen nach innen gesogen, die Haut spannt sich über das Jochbein.

»Wahnsinn, wie viel du mit einem Zug wegrauchen kannst.«

»Findest du?«

»Schau, wie lang die Glut ist im Vergleich zu meiner.«

Sie hält ihre Zigarette neben seine.

»Deine Lunge kann viel aufnehmen.«

»Nicht mehr als deine.«

»Finden wir's raus.«
Wenn Morten lächelt, schieben sich seine Backen nach oben, der untere Teil seines Gesichts wird noch schmaler. Sie gibt ihm eine neue Zigarette und nimmt sich selbst eine.
»Auf die Plätze, fertig, los.«
Sie saugt an der Zigarette, so lange und intensiv sie kann, und spürt den Druck in den Lungen, pustet aus, saugt wieder. Morten auch. Sie sehen sich dabei an und lächeln, lachen dann. Rauch schießt aus Mortens Mund hervor. Aus ihrem auch. Zerstiebt im Wind. Morten gewinnt. Er zeigt ihr den Kippenrest, der Filter schon angekokelt, und schnippt ihn weg. Sie raucht ihre Zigarette zu Ende. Als sie einen Schluck aus der Flasche nimmt und den Kopf nach hinten neigt, hat sie kurz das Gefühl, von der Bank zu kippen.
»Mir ist durmelig.«
»Durmelig?«
»Ich muss mich mal ins Gras legen.«
Im Giebel der Hütte hängen Spinnweben, die Wolken wie Wattebäusche, darüber ist der Himmel bereits dunkel. Morten legt sich neben sie und sie riecht seinen Schweiß und auch das Bier.
»Schwindelig, wenn sich alles dreht. Ist ein Wort aus meiner Kindheit.«
»Durmelig«, sagt Morten, »das schreibe ich mir auf.«
»Echt?«
»Ja, ich habe ein Buch, in das ich Wörter schreibe, die ich noch nicht kenne. Ich habe hier damit begonnen.« Morten stellt die Beine auf. »Es kommt nicht mehr so oft vor.«
»Was war dein letztes Wort vor durmelig?«

Morten überlegt. »Kehren.«
»Fegen«, sagt sie.
»Und wie in umkehren.«
Gänse schnattern, mit einem schlagenden Geräusch durchschneiden ihre Flügel die Luft, die Hälse nach vorne gereckt fliegen sie über Vic und Morten hinweg.
»Die fliegen zum See, wo sie nachts schlafen«, sagt Morten, »morgen früh kannst du sie wieder sehen.« Sein Finger folgt ihnen. »Und der eine fliegt immer voraus.«
»Das erkennst du? Woran?«
»Ich schaue die schon so lange an und mit der Zeit habe ich ihn erkannt.«
»Schlägt er anders mit den Flügeln?«
»Eigentlich nicht.«
»Mir war mal durmelig, als ich mit meinem Vater einen Drachen steigen ließ«, sagt sie.
Morten dreht sich auf die Seite und legt den Kopf in seine Hand, die sein Gesicht der Länge nach umfasst.
»Ich bin mit der Spule in der Hand über die Wiese gerannt und der Drachen hat sich in einer Hochspannungsleitung verheddert. Und mein Vater hat geschrien, ich soll die Schnur loslassen. Ich hab's gar nicht verstanden. Ich hab immer zu dem Drachen geschaut, der da in der Leitung gekämpft hat, und mein Vater ist auf mich zugerannt und hat mich weggeschubst. Die Spule hat noch kurz vor meinen Augen getanzt, die Schnur hat sich abgewickelt, und ist dann auf den Boden gefallen. Ich war erschrocken, dass er so wütend auf mich war, was er ja gar nicht war, und traurig, weil der Drachen mit seinen gelben Augen nach unten ge-

schaut hat und da an der Leitung rumgeflattert ist und sich nicht losreißen konnte. Und ich dachte, ich bin schuld.«
Sie knibbelt an der Aluminiumkrause der Bierflasche.
»Was habt ihr dann gemacht?«, fragt Morten.
»Ein Bauer kam vorbei und hat mit einem langen Stock und einem Stück Stoff die Schnur des Drachens zwischen den Leitungen durchgefackelt. Und der Drachen ist auf und davon geflogen. Ist immer kleiner geworden am Himmel. Als wir nach Hause sind, mein Vater und ich, war mir durmelig, und als mein Vater mich tragen wollte, habe ich ihn getreten und bin dabei umgefallen.«
»Ich habe kaum Erinnerungen an meine Kindheit«, sagt Morten und legt sich wieder auf den Rücken, »nur wie die Wohnung aussah, weiß ich noch, aber nicht, was wir darin gemacht haben.«
»Wie sah sie aus?«
Morten malt erst mit dem Finger in die Luft. Als sie ihm nicht folgen kann und fragt, steht er auf. Im Schneidersitz schaut sie ihm zu.
»Unser Zimmer«, sagt er, »das Bett meiner Schwester hier, meins da.« Er tritt aus dem Raum, drückt eine imaginierte Klinke herunter, lächelt etwas unsicher zu ihr und sie nickt ihm zu, er weist rechts auf das Schlafzimmer der Eltern, hebt die Arme nach vorne. »Gegenüber war das Bad, und so ging der Flur. Da stand das Telefon und hier kam dann das Wohnzimmer.« Mit einem großen Schritt betritt er den Raum und zeigt nach links. »Küchennische hier, das war offen und ein kleiner Tisch stand da.« Er dreht sich um. »Couch, Fernseher.« Er sieht sie an. »Was ich nicht verste-

he«, sagt er, »vom Flur ging noch ein Gang zur Wohnungstür. Das ist unlogisch, die Tür hätte ja direkt dort sein können, aber man musste vier oder fünf Schritte gehen, um zur Tür zu kommen.« Er geht sie ab und überlegt. »Das geht eigentlich nicht. Was soll denn hinter diesen Wänden gewesen sein?«

Morten setzt sich neben sie ins Gras und holt Tabak aus seiner Hosentasche, fingert einen Filter heraus, von dem er die braunen Krümel abstreift, dann ein verknittertes Blättchen. Mit dem Filter im Mundwinkel schaut er an ihr vorbei. »Doch so ist es in meiner Erinnerung, mit diesem langen Gang zur Tür.«

Die Schlitze zwischen den Holzplatten sind wie enge Schluchten, in denen sich etwas verbirgt, sich bewegt vielleicht, nicht zu sehen, nur zu erahnen. Sie vergräbt sich unter der Decke, indem sie die Beine anwinkelt, die Haut am Rücken zieht sich schmerzvoll auseinander. Im Rhythmus ihres Herzschlags flüstert die Bettwäsche. Sie bewegt sich ein wenig und das Geräusch ist verloren. Nur noch ihr Atem und das Rauschen der Bäume von draußen. Sie schiebt das Ohr hervor und wartet, ob sie hören kann, wie sich die Folie im Ast bewegt.

Mit Karl und Lotta hat sie einst auch unter einer holzverkleideten Schräge geschlafen. Karls Freund Wolf feierte seinen fünfunddreißigsten Geburtstag und sie waren zu ihm in den Westerwald gefahren. Der erste größere Ausflug zusammen mit Lotta.

»Das ist Vic, meine Vic«, so stellte Karl sie vor.

Auf dem Dachboden lagen Matratzen bereit, eine für Karl und Vic, eine kleine für Lotta, dazwischen stand eine Lampe. Lotta legte sich auf den Rücken, tänzelte mit den Füßen an der Holzverkleidung hoch und balancierte auf den Schultern.

Nachts weinte sie und wollte zu ihrer Mama. Karl ging zu ihr und flüsterte.

»Vielleicht mag sie ja in unserer Mitte schlafen«, sagte Vic.

Karl sah sie an. »Wäre das okay für dich?«

»Ja, klar.«

Lotta drückte den Teddy vor die Brust und kroch neben Vic unter die Decke, die Augen geschwollen, aus ihrer Nase lief Rotz, den sie mit der Zunge leckte. Karl legte sich neben Lotta. Die drehte sich zu ihm, dann wieder zu Vic und schaute sie an.

»Brauchst du noch was?«

Das Kind schüttelte den Kopf. Seine Augenlider schlossen sich, öffneten sich wieder, dabei blieben die Wimpern kurz aneinander kleben, der Blick nach oben gerichtet, dann schlief es mit weichen Gesichtszügen und offenem Mund ein. Vic sah zu Karl. Er lächelte sie an, legte seinen Arm oberhalb von Lotta zu ihr und berührte mit der Hand ihren Kopf. Sie drückte ihre Stirn in seine Handmulde.

»Ich würde gerne mit dir schlafen.« Sie hörte im Inneren ihres Kopfes das Reiben seiner Finger.

»Ich auch mit dir«, sagte sie.

»Schlaf gut.«

»Du auch.«

Als Vic am nächsten Morgen ins Badezimmer ging, folgte Lotta ihr, blieb an der Tür stehen, trat von einem nackten Fuß auf den anderen und spielte mit dem Griff. Vic drückte Paste auf die Zahnbürste. Lotta kam neben sie ans Waschbecken, stellte sich auf einen Schemel, nahm ihre eigene Bürste, die silberne Sterne hatte, und machte es ihr nach. Sie standen nebeneinander und putzten sich die Zähne. Über den Spiegel sah Vic, wie das Kind auf der Zahnbürste kaute und sie von der Seite ansah. Vic spuckte aus, Lotta spuckte aus. Ein großer und ein kleiner Fleck aus Zahnpaste und Speichel flossen zäh Richtung Abfluss. Vic ließ Wasser über ihre Handfläche laufen und wischte die Reste mit den Fingern aus dem Becken.

»Warum hast du kein Baby?«, fragte Lotta.

Vic zuckte mit den Schultern.

Das Kind rieb sich das Auge. »Ich muss auf das Klo.«

»Soll ich dich allein lassen?«

Die Kleine nickte.

Auf der Rückfahrt hielten sie an einem Supermarkt, Karl ging einkaufen, Vic blieb mit Lotta im Auto. Sie sah Karl nach, wie er über den Parkplatz zum Eingang des Ladens schlenderte, seine Jeans hing tief. Durch sein Hohlkreuz bewegte sich sein Hintern bei jedem Schritt ein wenig hin und her. Lotta stieg zwischen den Sitzen nach vorne und setzte sich auf Vics Schoß, legte die Hände ans Lenkrad.

»Wo fahren wir hin?«, fragte Vic.

»Zu Oma Inge und Opa Jürgen.«

Lotta drehte das Lenkrad. Vic spürte die Sitzknochen der Kleinen auf ihren Schenkeln. Das Haar des Mädchens roch nach Kaugummi. Sie zeigte Lotta, wie sie blinken kann, ließ sie Waschwasser auf die Scheibe sprühen, den Wischer betätigen und auf den Schalter für das Warnblinklicht drücken. Die Hupe bereitete dem Kind am meisten Freude. Vor dem Auto ging ein Mann mit Einkaufstüten vorbei, er zuckte zusammen und sah überrascht zu ihnen, als die Hupe ertönte.

»Wie der guckt!« Lotta zupfte aufgeregt an Vics Oberteil. Immer, wenn jemand am Auto vorbeikam, hupte Lotta und quiekte vor Freude. Vic lachte mit dem Kind und über die erschrockenen, verärgerten, lachenden Gesichter der Passanten. Lotta kratzte sie vor Aufregung am Hals. Zwei Frauen, auf ihre Einkaufswagen gelehnt, unterhielten sich und deuteten mit den Fingern zu ihnen.

»Lauter!«, rief Vic und das Kind hupte und hopste dabei auf ihrem Schoß umher.

Karl stand irgendwann vor dem Auto und fotografierte Vic und Lotta, die ihm zuwinkten.

»Sogar im Supermarkt reden die schon über euch«, sagte er, als er auf dem Beifahrersitz Platz nahm. »Aus Berlin, hat eine Frau gesagt, und die andere hat so genickt. Die halten uns für Hausbesetzer mit antiautoritärem Erziehungsstil.« Er lachte.

»Wir haben doch gar kein Haus«, sagte Lotta.

»Eben«, sagte Karl und strich der Kleinen über den Kopf, »und jetzt ab nach hinten, wo du hingehörst.«

Hinter der Nachricht an Karl sind zwei blaue Häkchen. Mehrere Male liest sie den Text laut, den sie geschrieben hat. Sie spürt die feuchte Wärme ihres Atems unter der Decke. Wälzt sich auf die andere Seite. Ihr Kopf schaut raus und sie starrt wieder an die Wand. An einem der Haken: ihre Jacke, kraftlos baumeln die Ärmel nach unten. Sie atmet ein und aus und spürt, wie die Luft stoßweise aus ihrer Kehle dringt. Die Beklemmung in ihrer Brust ist hart geworden. Mit einem Ruck steht sie auf und setzt sich vor die Hütte auf die Stufe. Zwischen Absatz und Wand ist ein Spinnennetz, an dessen Fäden Wassertropfen wie Perlen an einer Kette hängen. Ein Seufzen aus der Nachbarhütte lässt sie aufhorchen. Es ist still, dann hört sie wieder den wohligen Laut und wie Haut aneinanderklatscht. Der Takt wird kurz verzögert und findet in seinen Rhythmus zurück. Sie umfasst mit der Hand eine ihrer Brüste. Öffnet wieder die Nachrichten in ihrem Telefon. Karl ist online. Rasch schließt sie die Anwendung und fährt sich nervös durch die Haare. Es ist noch früh am Morgen und Karl ist online. Sie nun auch wieder. Karl und Vic sind online. Mehr passiert nicht.

Sie stolpert über eine Zeltschnur und reißt den Hering aus dem Boden, Dreckbrocken hängen in der Kerbe. Sie drückt ihn wieder in das Loch. Der Metallpflock findet keinen Halt mehr, er steckt schlaff in der Erde, die Schnur hängt durch und die Außenhaut haftet am Innenzelt, etwas Rundes zeichnet sich darunter ab. Sie geht weiter zu den Duschräumen.

Als sie sich den Rücken einseift, spürt sie unter den schaumigen Händen die Haare. Und plötzlich auch ihren Herzschlag, der durch den Rumpf bis in ihren Hals pumpt, staccato in den Ohren. Fahrig befühlt sie die Haut mit den Fingern, streicht den Rücken hoch, die Stoppeln stellen sich unter den Kuppen auf, piksen, den Rücken hinab, die Haare drücken sich borstig an die Haut. Sie spült Rücken und Hände ab, tastet wieder: Sie wachsen von den Schulterblättern über den Rücken bis zu den Flanken und der Mulde über dem Steißbein. Außen herum fühlt sie ihre gewohnte Haut, Gänsehaut zwar, doch es ist das Hautgefühl, das sie kennt. Dazwischen nie Gefühltes. In ihrem Kopf setzt ein Sirren ein, eine unangenehme Frequenz. Sie reißt den Duschvorhang zur Seite, rennt zu den Waschbecken, schaut über die Schulter in den Spiegel. Helle, kurze Haare dringen durch die Haut und wölben sie zu kleinen Erhebungen auf. Sie wachsen nach unten, nur entlang der Wirbelsäule streben sie seitlich auseinander. Sie versucht, mit den Nägeln eines zu greifen, ihre Finger zittern. Sie zieht, auf der Fingerspitze liegt das Haar, es ist kurz, fest und dick, an der Wurzel hängt Talg. Ihre Beine geben nach, sie hockt sich auf den Boden. Ihre Finger, das Haar immer noch auf der Kuppe, riechen nach Duschgel. Sie greift mit den Armen über die Schultern und unter den Achseln durch, versucht, einzelne Haare zu erfassen, kratzt, ihre Nägel schaben. Es schmerzt. Sie lässt davon ab, unter den Nägeln Hautpartikel, eine einzelne Haarstoppel. Eine Frau betritt den Waschraum. Vic hetzt in die Dusche zurück, ihre Beine fremd und wackelig. Der Körper zittert, der Kiefer verkrampft. Sie hört, wie die Frau den Vorhang in der Kabine nebenan aufschiebt. Plastikringe schlagen aneinander.

Die Frau streift ihre Kleidung ab und wirft ein Münzstück in den Automaten. Der Duschstrahl geht an. Vic stützt sich mit der einen Hand an der Wand ab, die andere befingert den Rücken. Als die Dusche neben ihr ausgeht, beißt sie sich in den Handrücken. Auf ihrem Kopf klebt Shampoo. Sie spürt es, als sie sich durch die Haare fahren möchte. Die Frau rubbelt mit einem Handtuch. Gefolgt von einem schleifenden Geräusch, Wasser klatscht auf den Boden. Etwas wird aufgeschraubt, eine Flüssigkeit aus einem Gefäß geklopft, die Frau summt. Stoff raschelt, die Frau geht zu den Waschbecken, bürstet ihre Zähne, gurgelt und spuckt aus, der Wasserhahn läuft, dann brummt ein Föhn. Irgendwann schlappen Schuhe über den Boden, es ist still. Vic hält den Kopf unter den Wasserhahn am Waschbecken, Schaum fließt in den Abguss. Sie betrachtet wieder ihren Rücken im Spiegel. Zwischen den Haaren ein Geflecht aus kreuz und quer verlaufenden Striemen. Dann schaut sie sich in die Augen, die verquollen sind und schreckhaft starr.

Grashalme kleben im Profil von Mortens Schuhen. Die Schnürsenkel sind aus den oberen Ösen gezogen, die Zunge ist nach vorne geklappt, zwei Socken liegen auf den Schuhen, der Stoff ist an einigen Stellen durchgewetzt, von Ferse und Ballen. Daneben ein Glas, in dem Stummel selbstgedrehter Zigaretten, aufgeweichte Blättchen und Tabakklumpen in dunkelbrauner Flüssigkeit schwimmen. Auf dem Vordach des Zelts liegt ein verknittertes Handtuch.
»Morten?«, sagt sie. Mehrere Male, immer lauter.
Sie berührt den Reißverschluss des Zeltes und traut sich

doch nicht, ihn aufzuziehen. Stattdessen legt sie zwei Zigaretten so auf die Matte vor dem Zelteingang, dass sich die Spitzen berühren.

Sie steht am Straßenrand und fährt mit der Hand unter ihr Oberteil. Steigt auf das Fahrrad und fährt. Stoppt und zupft am Shirt. Als sie sich an den Straßenrand setzt, reibt der Stoff über die Stoppeln, der gebogene Rücken drückt Haare und aufgekratzte Stellen auseinander. Sie starrt auf den grau gekörnten Straßenbelag. Zwei Radfahrer kommen die Straße entlang, die gerade durch eine ebene Landschaft geht, Wiesen, Felder, hin und wieder Bäume, neben dem Asphalt eine Ausbuchtung aus Schotter. Sie versteckt sich hinter einem Baum im Gras. Die Borke ist rissig und aufgeworfen, darunter liegt der rötlich verknorpelte Stamm. Mit ihrer Hand auf einem Spalt der Rinde wartet sie. Der eine Radfahrer hat die Schultern hochgezogen und seine Arme seitlich ausgestellt, als hätte er Flügel. Der andere sieht auf ihr Rad.

Eine der Lichtröhren des Schildes flackert. Der Bildschirm ihres Telefons reflektiert das An und Aus des grünen Kreuzes. Sie hat eine Website geöffnet, die einen Holzschnitt zeigt, eine Frau, deren Körper behaart ist. Halbrunde, dicke Grate bilden das lockige Fell. Die Frau sitzt mit gespreizten Beinen, auch ihre Scham ist von Fell bedeckt. Eine Brustwarze ist zwischen den Locken zu sehen. Sie beugt sich zur Seite, die Hände erhoben, als wollten sie etwas greifen. Ihr Gesicht ist glatt und anmutig, der Blick nachdenklich, nach innen gekehrt. Vic scrollt weiter. Auf einem Gemälde ein behaartes Gesicht, dunkle Augen und ein herzförmiger Mund. Den Hals umfasst eine weiße Krause, an der Perlen baumeln. Das nächste Bild zeigt eine Frau mit einem Spitzbart, die Stirn flacht rasch zum Schädel ab, was sie roh erscheinen lässt, wie aus einer frühen Zeit der Menschheit. Die üppige Brust und die schmale Taille passen nicht so recht zu ihrem Gesicht. Ein Mädchen mit langen, flauschigen Haaren im Gesicht. Ein großer Leberfleck auf einem Oberschenkel mit schwarzen Borsten. Vic überfliegt Artikel über angeborenen oder genetisch bedingten Haarwuchs, über hormonelle Störungen, die Bärte wachsen und Schamhaar wuchern lassen, über Folgen von Unterernährung und Magersucht. Sie schnaubt Rauch durch die Nase. Die Apotheke wird von innen aufgeschlossen, Vic schreckt herum, eine Frau schaut auf sie herab.

»Unmöglich«, sagt die.

»Wie bitte?«

»Ihre Zigaretten hier überall.«

Vic steht auf.

»Hier kommen Menschen her, Patienten.«

Unter ihrer Schuhsohle drückt Vic die angerauchte Zigarette aus und geht zu ihrem Fahrrad.

»Junge Dame«, ruft ihr die Apothekerin hinterher und dann: »Unverschämt.«

»Ach«, sagt Vic. Ihre Lippen zittern, als sie den Mund abermals öffnet, sie schließt ihn wieder, steigt auf das Fahrrad. Neben ihr hält ein Bus, senkt sich seitlich ab, die Hydraulik zischt, Menschen steigen aus. An einem Laden schieben sich die Rollladenstäbe mit einem lauten Rattern auseinander und werden nach oben gezogen. Eine Taube fliegt knapp an ihrem Vorderrad vorbei. Sie kommt an einer Backsteinmauer entlang, ein Torbogen, dahinter eine Parkanlage, in die sie einbiegt und zu einer Bank fährt, auf die sie sich setzt.

Während sie mit den Fingern Holzsplitter aus den Latten abzieht, ruft sie ihren Hausarzt an. Der ist im Urlaub, informiert die Stimme auf dem Anrufbeantworter. Sie öffnet Karls Kontakt, mehrere Male streicht sie vorsichtig über die angezeigte Nummer, drückt schließlich darauf und hält das Gerät ans Ohr. Ein kläglicher Laut kommt aus ihrer Kehle. Sie hört, wie es klingelt, dann ein Besetztzeichen. Ihr Atem geht schwer. Sie wiederholt den Vorgang, Karl auch, er drückt sie weg. Beim dritten Mal sagt Karl: »Hallo, hier ist Karl. Ich bin gerade nicht zu erreichen.«

Sie starrt auf das Telefon. Legt es zur Seite. Zieht ihre Hand auf der Bank zu sich, sie spürt, wie Späne in ihre Haut dringen. Sie steht auf, zieht die Splitter heraus, geht ein paar Schritte, setzt sich wieder, betrachtet die Handfläche, steht wieder auf. Aus dem Rucksack holt sie den Stein und schleudert ihn mit weit ausholendem Arm auf eine Grünfläche. Geschlossene Lippen, ein ruckartiger Laut, vom Rachen durch ihre Nase gestoßen. Sie spürt, wie der Stoff des Shirts über die Haare reibt. Der Stein landet dumpf. Mit großen Schritten geht sie zu dem Stein, der die Grasnarbe aufgerissen hat. Sie tritt auf die Stelle und wirft, misst den Abstand erneut, ergreift den Stein und zupft Grashalme ab, bevor sie ihn wieder wirft. So bewegt sie sich durch den Park: Schleudern, Gehen, Aufheben. Eine alte Frau bleibt stehen und schaut zu ihr. Einmal prallt der Stein an einem Ast ab, ein Hund zuckt zusammen und bellt. Die Wurfweite wird zunächst länger, sie schafft es, den Stein über sechzehn Schritte weit zu werfen, dann schwinden ihre Kräfte, die abrupten Bewegungen ziehen im Arm und die Abstände werden kürzer.

Sie kratzt die Erde von dem Stein und blickt sich um. Einen Baum meint sie wiederzuerkennen, läuft, bis sie die Bank sieht, daneben das Rad. Auf der Sitzfläche liegt ihr Telefon. Sie nimmt es, tippt mit zitternden Fingern: *Wenn du nicht schon eine Macke hast, wirst du sie bekommen. Vielleicht an der Stirn. Wenn ich gut ziele.*

Kaum hat sie die Nachricht abgesendet, steigt Hitze in ihr auf, schwemmt sich vom Hals über die Ohren ins Gesicht. Gedanken bilden sich so schnell und verfliegen wieder, als schriebe jemand hektisch krakelige Buchstaben auf eine schwarze Tafel, wischte sie ab, schriebe erneut, und sie säße da und könnte nicht folgen. Ihr wird übel, im Mund sammelt sich Speichel, sie beugt sich nach vorne und spuckt Schleim auf den erdigen Boden.

Mit der Gabel durchbricht sie ein Mandelblättchen und lässt sie im Kuchen stecken, der Kaffee schmeckt bitter. Ein Mann am Nebentisch liest in einer Zeitung, die Bedienung hinter der Theke senkt den Blick, als Vic zu ihr sieht, und wischt mit einem Schwamm über die Ablage.

»Wo sind die Toiletten?«

Die Frau zeigt in den hinteren Teil des Cafés. Vic verstellt die Tür von innen mit dem Abfalleimer, zieht das Shirt über den Kopf und schaut im Spiegel ihren Rücken an. Die Lehne des Stuhls hat die Haare in einem horizontalen Streifen plattgedrückt, darüber und darunter sprießen sie vom Körper weg. Karl greift oft kräftig in ihren Rücken, um sie näher zu sich heranzuholen. Seine Finger graben sich in ihre Haut, sein Penis überwindet den Widerstand ihrer Schamlippen und dringt in sie ein. Sie legt die Stirn an eine Fliese an der Wand. Auf dem Boden liegt ein Papierfetzen, jemand hat seinen Mund darauf gedrückt und einen orangefarbenen Kreis aus faserigem Lippenstift hinterlassen, in der Mitte wellt sich das Papier vom Speichel. Später schlafen Karl und sie meist Rücken an Rücken, wie zwei Schmetterlingsflügel. Sie dreht den Kopf, presst die Wange gegen die Fliese, legt die Hände an die Wand, drückt die Arme dagegen und rückt mit dem ganzen Körper heran, Brust, Bauch, Oberschenkel, die Kacheln kühl, sie riechen nach Essig.

Sie kippt mit den Füßen vor, balanciert mit der Sohle auf der Kante und wippt zurück. Die Gleise vibrieren, eine hohe Tonfrequenz. Die Haare auf dem Rücken richten sich auf, drücken sich aus der Haut. Nach einiger Zeit fragt sie sich, ob der Ton nicht aus ihrem Inneren kommt. Ein Mann und eine Frau springen vom gegenüberliegenden Bahnsteig auf die Gleise und überqueren sie. Der Mann reicht der Frau, die den Vorsprung zum Bahnsteig nicht hochkommt, die Hand. In der anderen hält er eine Bierflasche. Kaum ist die Frau auf dem Steig, sinkt sie auf den Boden und bettet den Kopf mit dem aufgedunsenen Gesicht auf ihren Rucksack. Der Mann kommt auf Vic zu. Sein bunt gemustertes Hemd ist offen und zeigt einen ausgemergelten Oberkörper, Rippen und Brustbein überzogen mit lederiger Haut. Vic macht ein paar Schritte rückwärts, der Mann noch einen auf sie zu, dann geht er zu seiner Begleiterin zurück, mit der Hand macht er eine wegwerfende Geste. Der Zug fährt ein und wirbelt Luft in Vics Gesicht. Eine Tür öffnet sich vor ihr und sie spürt, wie Kühle entweicht, pelzig ist die. Vic tritt einen Schritt zurück und sieht, wie das Paar weiter vorne in den Zug einsteigt.

Sie schiebt das Fahrrad durch die Straßen des Dorfes, betastet immer wieder ihren Rücken, spürt die Rauheit unter dem Oberteil. Aufgewühlt merkt sie, dass sie zwar noch weiß, dass ihr voriges Körpergefühl anders war, es aber nicht mehr empfinden kann. Sie erinnert sich an den Moment, als sie im Alter von zwölf Jahren ihre Brust befühlte, vor einem Spiegel in einem Hotelzimmer, bei einem Sommerurlaub mit den Eltern in Frankreich. Zuvor hatten ihre Brustwarzen im Meerwasser gebrannt und nun sah sie die zwei Hügel, die sich unter den Warzen aufwölbten. Wie kleine Polster, die, wenn sie die Arme hob, sich zwar enger an den Körper schmiegten, aber doch sichtbar blieben.
»Die Zeit der Badehosen ist nun vorbei«, sagte die Mutter und zwickte sie in die empfindliche Stelle.
Sie weinte, saß den restlichen Urlaub in ein Handtuch gehüllt am Strand, wagte nicht, den Vater anzusehen, und ging auch nicht mehr baden.
Das Telefon piept, ihr Körper reagiert unmittelbar, ihre

Wangen werden heiß, der Puls schlägt schneller. Ein Fingernagel reißt ein, als sie das Gerät aus dem Rucksack zieht. Zugleich enttäuscht und erleichtert sieht sie, dass Alexander ihr eine Nachricht geschickt hat. Sie sei herzlich willkommen, schreibt er, besonders da sie heute Abend Annabelles Geburtstag feierten.

3

Sie treibt am Fluss vorüber, dann wieder der Fluss an ihr. Ein Strommast spiegelt sich auf seiner Oberfläche, die Metallteile flimmern. Immer wenn Schatten von den Bäumen auf der anderen Uferseite ins Wasser fallen, kann sie die Pflanzenarme sehen, wie sie sich im Wasser bewegen, gemächlich in der Strömung schwingen. Sie nähert sich einem Boot, das langsam vor sich hin tuckert, das Wasser gleitet in gleichmäßigen Wellen am Rumpf entlang, der Mann am Steuerrad blickt stur nach vorne. Sie tritt in die Pedale und lässt das Boot zurück. Immer geradeaus auf dem geteerten Weg, auf dem ihre Reifen schnurren, bis ein Wegweiser sie über eine Brücke führt, sie den Fluss verlässt und einen Ort ansteuert. Sie fährt an niedrigen hellgelben Häusern mit kleinen Fenstern vorbei. Auf den kurzen Rasenstücken davor stehen Mülltonnen, die Gehwegplatten aus einbetonierten Steinen. Sie überquert eine Hauptstraße und kommt in einen älteren Teil des Ortes, die Straße aus Kopfsteinpflaster, die Häuser aus Backsteinen. In den Fensterscheiben eines Weinladens sieht sie sich selbst vorbeifahren, anhalten.

Drei Autos mit Berliner Kennzeichen stehen am Straßenrand und ein mit Fackeln abgesteckter Weg führt auf das Haus zu, die Flammen zerstieben in alle Richtungen. Sie zieht ihre Jeansjacke an und schiebt das Fahrrad über den Kiesweg. Als ihr Bruder vor zwei Jahren mit Annabelle aus den USA wiederkam, Violet war damals vier oder fünf Jahre alt, haben sie dieses Haus gekauft, ein aufwendig umgebautes Stallgebäude aus Backstein, mit hohen Decken und runden Fensterbögen, die bis zum Boden reichen. Einen kurzen Moment überlegt Vic, ob sie weiterfahren soll. Da geht die Tür auf und Violet kommt aus dem Haus gerannt, in einem weißen Kleid mit roten Tupfern. Das Kind stoppt, fixiert sie, die Augen zusammengekniffen, und rennt dann auf sie zu, die blonden Locken wippen. Es schlägt auf Vics Oberschenkel, die einen Schritt zurückgeht.

»Hallo Violet.«

»Papa hat schon gesagt, dass du kommst.«

Violet zieht an Vics Jacke und Vic spürt, wie der Stoff an ihrem Rücken spannt, die Haare an die Haut presst. Sie drückt sich gegen das Gewicht des Kindes, das sich nach vorne lehnt.

»Moment mal. Mein Fahrrad.«

Das Mädchen krallt sich in ihren Unterarm, mühsam hält Vic die Hände am Lenker, damit das Rad nicht umfällt.

»Ich will dir das Baby zeigen.«

Alexander tritt aus der Tür und lacht. Kommt mit großen Schritten auf Vic zu, den Kopf leicht nach vorne gereckt. Violet knotet währenddessen die Senkel von Vics Schuhen auf und zieht an ihnen, bis Vic aus ihnen herausschlüpft. Das Kind rennt mit ihnen zum Haus. Etwas verlegen bleibt Alexander vor ihr stehen.

»Vicki, schön, dass du da bist.«

Sein Hals ist muskulös und die Struktur unter seinem Hemd deutet an, dass Alexander auch Brust und Arme trainiert. Das Gesicht schmal, die Augen blass, eine hohe Stirn, dann die blonden Haare, in der Abendsonne mit einem leichten Rotton, ein Seitenscheitel. Sie ist jedes Mal überrascht, dass er ihr Bruder ist. Er beugt sich etwas ungelenk zu ihr, drückt dabei den Hintern raus. Ihre Wangen haften kurz aneinander, seine Hand streift ihren Oberarm, was sie verkrampfen lässt, Aftershave überdeckt jeden anderen Geruch.

»Wohin bist du eigentlich unterwegs?« Alexander greift nach dem Fahrrad.

»Hat Annabelle heute Geburtstag?« Kiesel drücken in Vics Sohle.

»Ja.«

»Wie alt wird sie denn?«

»Frag sie lieber nicht. Vierunddreißig.«

Im Haus kommt ihr Annabelle barfuß und in einem engen Kleid entgegen. Dunkle, lange offene Haare. Sie breitet die Arme aus, die braungebrannt sind.

»Victoria! Willkommen auf unserer Ranch.«

Auch Annabelle riecht parfümiert und hat einen sauren Atem. Vic lässt sich auf die Wangen küssen, gratuliert und übergibt den Wein.

»Du musst mir doch nichts mitbringen. Das ist wirklich nicht nötig.«

Vic grüßt die Gäste, die in Grüppchen in dem großen Wohn- und Küchenbereich zusammenstehen. Ja, die Schwester. Ähnlich, wirklich? Berlin. Ja, mit dem Fahrrad. Ein bisschen

Muskelkater. Dann folgt sie Alexander ins obere Stockwerk, Violet stürmt die Treppen vor ihnen hoch.

»Das wird das Zimmer von Vanessa. Wir nehmen nachher die Wiege rüber.« Alexander öffnet die angelehnte Tür.

Violet rüttelt an der Wiege, das Baby schläft auf dem Rücken, es wackelt nach rechts und links, presst sein Gesicht zusammen und ballt die Fäuste.

»Komm doch einfach gleich runter. Du hast sicher Hunger.«

Violet zieht das Baby an den Beinen. »Sie mag das«, sagt sie.

Alexander schiebt Violet aus dem Raum, die verzieht das Gesicht. Vic holt aus ihrem Rucksack den Kulturbeutel und geht zum Bad. Das ist besetzt. Als sie ins Zimmer zurückkommt, steht Violet an ihrem Rucksack und hält ihr Telefon in der Hand. Sie drückt darauf herum und blickt auf.

»Da blinkt was.«

»Violet, gib mir das Telefon.«

Wie eine Katze windet sich Violet an Vic vorbei, das Telefon an die Brust gedrückt, bleibt am Treppenabsatz stehen und wedelt mit dem Gerät herum. »Fang mich doch, du Eierloch.«

Vic streckt die Hand aus. »Violet, bitte.«

Das Mädchen quiekt und rennt die Treppen runter, seine Füße poltern auf den Stufen.

Vic setzt sich aufs Bett, die Matratze gibt weich ihrem Gewicht nach. Sie drückt die Schulterblätter nach hinten und spürt, wie die Haare die Haut berühren. Ihr Fell. Sie atmet aus und sackt ein wenig im Oberkörper ein, schiebt die

Hand in den Ausschnitt und reibt mit den Fingern darüber. Die Haare biegen sich unter den Fingerspitzen. Sie umgreift einige und zieht, die Haut hebt sich, dann gleiten die Haare aus ihren Kuppen. Sie lässt sich rückwärts aufs Bett fallen. An der Decke hängt eine Lampe, die sich aus drei übereinandergeschichteten Glasflächen mit marmorierter Struktur zusammensetzt. Das Baby gluckst in seiner Wiege, von unten hört sie die Stimmen der Gäste, eine Spülung rauscht.

Im Garten rennt Violet hinter einem Jungen her und kriegt ihn am Ärmel zu fassen, der Junge zieht seinen Arm aus dem Ärmel und versucht, aus seinem T-Shirt zu schlüpfen, das Mädchen lacht.
»Wo ist mein Telefon?«, fragt Vic.
»Sag ich nicht.«
»Violet.«
Das Mädchen lässt den Jungen los und sagt zu ihm: »Die ist doof, wir gehen rein.«
Vic stößt mit den Zehenspitzen in die Wiese, der große Zeh knickt ein. Ein, zwei Meter vor ihr steht ein umgedrehter rosa Eimer mit aufgedruckten Feen und weißen Pferden. Unter ihm findet sie ihr Telefon, das Display fettig verschmiert. Sie reibt es an ihrer Jacke sauber, Karl hat nicht geschrieben, sie öffnet sein Profil: offline.

Annabelle hält ein Weinglas in der Hand und redet laut mit einem Paar. Die Frau sieht immer wieder zu dem Jungen, der hinter Violet durch die Küche läuft. Das Mädchen springt auf einen Stuhl und wieder runter, der Junge macht es ihm nach. Es rennt um die Theke in der Küche, der Junge hinterher.

Die Frau sagt: »Die Kante dort ist echt gefährlich. Wollt ihr sie nicht mit Schaumstoff abdecken? Die Kinder werden sich noch den Kopf stoßen.«

»Magst du einen Wein?«, fragt Alexander.

»Gerne.«

»Ach, sie wird sich den Kopf daran anschlagen und dann wissen, dass es wehtut. So lernen sie es.«

Die Frau öffnet den Mund und schließt ihn wieder.

»Jonas, nicht so schnell«, ruft sie ihrem Sohn hinterher.

Der Mann fragt nach der Kücheneinrichtung, nennt eine Marke und Annabelle erzählt ausführlich von einem schwierigen Entscheidungsprozess, was die Farbe anbetraf, nennt einen Farbton, für Vic unbekannt. Alexander reicht Vic einen Rotwein. Einen kurzen Moment sieht sie ihre eingerissenen Nägel mit den angekauten Hauträndern neben seinen feinen Fingern, die Nägel akkurat gefeilt.

»Alex, wie geht es euch hier?«

»Du, gut. Soll ich dich mal meinen Kollegen vorstellen?«

»Kann ich mich noch frisch machen? War ja den ganzen Tag auf dem Rad. Und hier neben euch komme ich mir noch schmuddeliger vor.«

»Dabei bist du doch von Natur aus hübsch.«

»Findest du?«

Er knufft sie in den Oberarm. »Weißt du, wo das Bad ist?«

Mit dem Glas in der Hand geht sie die Treppe hoch. Schon auf den unteren Stufen hört sie das Baby weinen. Sein Mund ist weit geöffnet, die Zunge flattert in der rosafarbenen Mundhöhle. Die Bäckchen wölben sich vor, die Augen sind zu Schlitzen verengt. In einem Nasenloch klebt Rotz. Vic stellt sich an die Wiege und berührt das Gesicht des Kindes. Es ist heiß und feucht. Das Band der Mütze, die um sein Kinn gebunden ist, drückt in die Haut. Seine Hände zittern jedes Mal, wenn es genug Luft gesammelt hat, um sie aus der Kehle zu pressen. In den Handgelenken drücken sich die Fettpolster aneinander und bilden Falten. Sie zieht ihre Jacke aus und umgreift den Kopf des Babys. Die andere Hand schiebt sie unter den Körper und hebt das Kind aus der Wiege. Arme und Beine winden sich. Sie drückt es an ihre Brust, der Kopf fällt auf ihre Schulter. Sie spürt, wie der kleine Körper angespannt und erschöpft zugleich ist. Hitze dampft von ihm ab. Sie schaukelt mit dem Kind hin und her. Es schreit in ihr Ohr und beruhigt sich nicht. Sie geht mit dem Kind umher. Ihr Blick bleibt auf einem Foto von Alexander hängen, auf einem Motorrad im gleißenden Sonnenlicht, im Hintergrund Felsen, dann das Meer. Sein Mund ein breites Lachen, er hebt die Hand, die Schultern nach vorne gebeugt. Sie legt das Baby an die andere Seite der Schulter, ein feuchter Fleck bleibt auf dem Stoff zurück. Mit den Fingern der einen Hand löst sie das Band der Mütze, zieht sie über den Kopf des Kindes und wirft die Mütze in die Wiege. Das Baby weint und weint. Sie singt »Mackie Messer«, das einzige Lied, dessen Text sie einigermaßen zusammenbekommt. Die Kleine ist kurz ruhig, was Vic ermutigt, mehr Melodie in ihren Gesang zu bringen, dann schnappt das Baby erneut nach Luft, stößt die Laute mit aller Kraft verzweifelt aus seinem Mund heraus. Vic schaukelt ihren Oberkörper und mit ihm das Kind hin und her, hält es nach vorne, um ihm ins Gesicht zu sehen. Es schaut an Vics Kopf vorbei, als sähe es dort etwas Aufregendes, was das Weinen für ein paar Sekunden stoppt, dann verknittert wieder das ganze Gesicht. Schließlich geht Vic vorsichtig, Schritt für Schritt mit dem weinenden Baby im Arm die Treppe hinunter. Einige der Gäste schauen her. Sie sieht, wie Alexander sich im Wohnzimmer aus einem Gespräch löst. Annabelle drückt einer Frau ihr Weinglas in die Hand und kommt auf Vic zu.

»Ich glaube, meine Brecht-Weill-Interpretation hat ihr nicht gefallen«, sagt Vic und reicht das Baby Annabelle, die die Nase kraust.

»Ich sagte schon zu Alexander, dass wir einen Babysitter brauchen heute Abend, aber der … « Sie verdreht die Augen. »Du kennst ihn ja.«

»Hm.«

Annabelle wippt das Kind im Arm, ruppig und mit schnellen Bewegungen, sein Kopf wackelt, ruckartig entweichen ihm weinerliche Laute. Sie nimmt wieder ihr Weinglas von der Frau entgegen.

»Wie machst du das eigentlich«, fragt die, »mit dem Alkohol und dem Stillen?«

»Hier«, Alexander reicht Vic einen neuen Rotwein, »und du, das mit Vanessa … «

Annabelle macht eine Bewegung mit dem Glas, als wolle

sie es ausschütten. »›Pump and dump‹ nennen wir das – funktioniert gut.«
Das Baby scheint sich zu beruhigen.
»Wir haben einfach das Babyphone vergessen.«
Mit der Hand fährt Vic in ihren Nacken, um sicherzugehen, dass keine Haare zu sehen sind. Ihre Jeansjacke liegt noch oben auf dem Bett.
»Haben Louise und Peter bei dir auch die Uhr aufgezeichnet, wenn sie ausgingen?«, fragt sie ihren Bruder.
»Daran kann ich mich nicht erinnern.« Alexanders Blick gleitet durch den Raum.
»Damit wir wussten, wann sie wiederkommen.« Vic schnaubt. »Ich habe da gesessen wie angewurzelt und Bild und Uhr verglichen. Einmal habe ich mich um eine Stunde vertan, weil ich nur auf den Minutenzeiger geachtet habe, nicht auf den Stundenzeiger.«
»Ich war ja im Internat.« Ihr Bruder lächelt einer Frau zu.
»Aber doch nicht in dem Alter.«
»Vicki, was machst du denn eigentlich auf dem Fahrrad hier in der Gegend?«
»Eine Fahrradtour«, sagt sie und sieht Alexander an, »rauchst du noch manchmal?«
»Wenn Annabelle es nicht mitkriegt.«
An seinem unsteten, umherschweifenden Blick erkennt sie die Ähnlichkeit mit ihrem Vater.
»Wollen wir in den Garten gehen?«
Alexander zögert. »Okay.«
Im Licht des Feuerzeugs sehen seine Augen so gläsern aus, als könnte Vic durch sie hindurchsehen.

»Bist du immer noch so viel unterwegs?«
»Letzten Monat war ich zweimal in den Staaten.« Mit nach innen gestülpten Lippen nimmt Alexander einen Zug von der Zigarette.
»Heftig«, sagt Vic und ergänzt: »Ich hoffe, du hustest jetzt nicht gleich wie ein Teenager, der seine erste Zigarette inhaliert.«
Alex sieht sie an, sie lächelt, er dann auch.
»Wir überlegen, zurückzugehen. Ich habe ein Angebot und Annabelle ...« Nervös schnippt er die Asche auf den Boden.
»Reitet sie denn noch?«
»Ja, schon.« Alexander wedelt den Rauch weg. »Und was macht dein Freund?«
»Karl.«
»Ja, Karl. Wollte der nicht mit?«
»Zu dem bin ich unterwegs.« Sie zögert, ihr Bruder bläst den Rauch hörbar aus, verlagert das Gewicht auf das andere Bein und bewegt sich dadurch ein paar Zentimeter von ihr weg. Sie sieht, wie er seine Zähne zusammenbeißt. Eine Sehne an seinem Hals tritt deutlicher hervor.
»Und mir ist noch etwas anderes passiert, Alex. Letzte Nacht.«
Sie hält den Atem an und presst die Lippen aufeinander, um sich zu sammeln. Nur kurz und mit an die Brust gedrücktem Kinn erwidert ihr Bruder ihren Blick, etwas Abwehrendes liegt darin. Danach fixiert er etwas im Garten, so scheint es, und fragt: »Bist du denn heute erst losgefahren?«
Sie atmet aus, die Luft stottert aus ihrem Mund. Durch die Balkontür fällt Licht auf Alexanders Profil, die Som-

mersprossen auf seinem Nasenrücken erinnern sie an den Jugendlichen, den sie immer so bewundert hat und für den sie nur klein, nervig und uninteressant war. Die Tür öffnet sich. Alexander hält die Zigarette in der gerundeten Handfläche vor den Körper.
»Paul and Kathleen are leaving.« Annabelles Stimme wie ein Singsang um eine monotone Frequenz.
»Coming.«
Alexander wartet, bis die Tür wieder in den Rahmen fällt, reibt die Zigarette auf dem Boden, steckt sie in seine Hosentasche und geht, ohne Vic anzusehen, ins Haus.

Violet hüpft auf der Sitzfläche eines Sofas, die Federung quietscht, der Junge will auch, sie schiebt ihn von sich. Vics Glas hat fettige Flecken von ihren Fingern. Sie schwenkt den Wein und trinkt. Alexander sitzt neben ihr auf der Couch und unterhält sich mit einem Paar, während Annabelle mit dem Baby nach oben geht. Vic sieht ihr nach, wie sie die Stufen nimmt, staksend. Violet springt auf den Schoß des Mannes und wackelt auf ihm herum, löst sich, klettert auf die Rücklehne der Couch und drängt sich zwischen Vic und Alexander. Sie versucht, einbeinig die Balance auf der Sitzfläche zu halten. Dabei trifft sie Vic mit dem frei schwebenden Fuß am Rücken. Vic steht auf, in ihrem Kopf rauscht es, der Raum schwankt kurz von links nach rechts, Alexander und das Paar schauen sie an, Alexanders Stirn ist gerunzelt. Violet rutscht von der Couch und ruft den Jungen, er solle ihr in die Küche folgen. Vic setzt sich wieder und die Mutter sieht den Kindern besorgt nach.

»Er wird heute Nacht nicht schlafen können, so aufgedreht, wie er ist.«

»Violet schläft meist wie ein Stein, wenn sie sich so verausgabt«, sagt Alexander.

»Ich muss auch bald schlafen. Bin müde vom Fahrradfahren.« Die Wörter klar voneinander getrennt. Konzentriert steht Vic auf, hebt die Hand in die Runde.

Sobald sie im Bett liegt, dreht sich alles, ihr Magen brennt, ihr wird schlecht und sie fixiert die Lampe an der Decke.

»Karl, darf ich dich mal was fragen?«

Sie saßen auf ihrem Balkon, auf dem Tischchen vor ihnen zwei Teller mit Fischgräten, Zitronenscheiben, vereinzelten Salatblättern, mit Brotstücken in Bahnen gezogenes Salatdressing. Karl hatte gekocht. Sie tranken Weißwein und rauchten.

»Hm«, machte Karl.

»Ihr seid doch mit zwei Mädchen auf das Festival nach Polen gefahren, Lorenz und du.«

»Anja und Meike.«

»Und wie läuft das dann ab?«

»Was soll das jetzt?«

»Ich verstehe nicht ganz, ob da dann was läuft.« Der Satz fiel atemlos aus ihr heraus.

Karl zog an seiner Zigarette, sah an ihr vorbei in den Himmel. Sie fuhr mit der Zigarettenspitze über den Boden des Aschenbechers, Aschehäufchen blieben liegen.

»Karl?«

»Ich dachte, wir machen uns einen gemütlichen Abend.«

»Ich frag dich doch nur was.«
»Und das geht dann immer so weiter. Sag mir das. Und dann das. Und schon wieder eine Riesendiskussion.« Karl löste die übereinandergeschlagenen Beinen und stellte sie nebeneinander, drückte den Rücken durch. »Vielleicht ist es besser, wenn ich gehe.«
»Deshalb musst du doch jetzt nicht gehen.«
»Ich möchte einen friedlichen Abend, Vic. Ich hatte einen anstrengenden Tag.«
Sie drückte die Zigarette aus, nahm die Teller und brachte sie in die Küche. Das Geschirr klirrte ins Waschbecken. Eine der Gräten landete auf dem Boden, als sie sie in den Mülleimer werfen wollte. Vic fluchte. Spülte ab. Als sie ins Bad ging, sah sie, dass Karl sich ins Bett gelegt hatte und in der Zeitung blätterte. Sie kroch zu ihm, schob seinen Arm zur Seite, was er geschehen ließ, und legte ihren Kopf in seine Achselhöhle, in den herben Geruch. Karl drehte den Kopf zur Seite und las weiter in der Zeitung. Ihre Finger spielten mit seinem Hosenknopf.
Danach fand Vic keinen Schlaf.
»Karl, bist du noch wach?«
»Ich bin müde.« Karl drehte ihr den Rücken zu, die Decke verschob sich dadurch, ihr eines Bein schaute raus.
»Mir geistert das durch den Kopf.«
»Fängst du schon wieder damit an?« Karl setzte sich auf.
»Ich verstehe nicht, warum du mir nicht antwortest.«
Karl rutschte an den Bettrand und griff nach seiner Hose. Sie legte ihre Hand auf seinen Rücken und spürte, wie er sich anspannte.

»Bleib. Ich bin auch ruhig, ich versuche es. Okay?«
Karl stand auf und zog sich im Dunkeln an, die Hose raschelte, das Metall der Gürtelschnalle klickte aneinander.
»Wir können morgen zusammen frühstücken. Wann musst du raus?«
Er tastete auf dem Boden nach seinem Tabak und steckte ihn in die Hosentasche. Die Socken nahm er in die Hand. Sie stand auch auf. Lief ihm hinterher in den Flur. Stellte sich an die Tür. Sah ihm zu, wie er Socken und Schuhe anzog und nach der Tür griff. Sie presste die Lippen aufeinander und spürte, wie die Wangen nach oben gezogen wurden. Trat zur Seite, er schloss die Tür. Sie hörte seine Schritte auf den Stufen, die Haustür schlug zu, vom Windzug klirrte der Briefschlitz an ihrer Wohnungstür.

Ihr Kopf schmerzt, als sie ihn bewegt. Die Zunge pappt trocken am Gaumen. Sie reibt ihre Augen und verklebte Wimpern bleiben an ihren Fingern hängen. Sie dreht sich zur Seite und berührt das Fell. Die Haare sind länger geworden. Wenn sie gegen die Wuchsrichtung streicht, dauert es, bis die einzelnen Haare von ihren Fingern gleiten. Das Baby hebt irgendwo das Stimmchen und gurrt. Sie lauscht und wartet. Es schnappt nach Luft und fängt wieder an. Sie öffnet die Tür. Das Weinen kommt aus dem Schlafzimmer von Alexander und Annabelle, wird leiser, ruckelnder.

Ihre Finger fahren über die Klingen des Rasierers und drücken sie im Gelenk nach hinten. Als sie ihn ansetzt und gegen den Strich führt, verhakt er sich in Haaren und unebener Haut. Sie zieht und die Klingen schneiden in die Haut. Die Stelle brennt. Sie bewegt den Rasierer in die andere Richtung, zwischen den Klingen bleiben kaum Haare hängen. Sie dreht den Rasierer abermals um. Rosafarben rinnt das Wasser in den Abfluss. Als sie aus der Wanne steigt, tropft Blut auf den Boden. Ein Tropfen sieht aus wie ein dicker Bär. Im Spiegel sieht sie zwischen den Haaren die rot schimmernde Stelle. Sie zieht zwei Oberteile übereinander und spürt die feuchte Wunde, sobald der Stoff sich von ihr löst. Der Tropfenbär trocknet an. Sie fotografiert ihn.

An der Tür lehnt ihr Rucksack, die Lasche aufgeklappt. Sie wirft den Stein von einer Hand in die andere und dreht sich durch den Raum. Erst jetzt, da sie allein im unteren Wohnbereich ist, fällt ihr auf, wie karg er ist. Der Boden dunkles Parkett, große Fenster auf der einen Seite in den Garten, auf der anderen zur Straße hinaus, die Küche mit einem Arbeitsblock in der Mitte und der verchromten Abzugshaube darüber, die Spülmaschine blinkt, im Wohnzimmer die breite Couch, ein runder metallener Lampenschirm neigt sich darüber, ein Sofa daneben. Der Stein fällt auf den Boden, hinterlässt eine Delle im Holz. Als sie sich zu ihm bückt, blickt sie auf den grünen Lack eines Wandschranks. Im schräg aus dem Garten einfallenden Sonnenlicht glänzt er, als läge eine feine, klare Wasserschicht auf ihm. Sie drückt eine Ecke des Steins in den Lack, der erst nachgibt, dann splittert. Ein Riss geht mehrere Zentimeter durch das Material.

Die Haustür fällt leise ins Schloss. Von den Fackeln sind Holzstäbe übrig geblieben, verhärtetes Wachs verklebt das Gras um sie herum. Ein Kondensstreifen flockt am Himmel auf. Die Straße ist leer und sie fährt über Kopfsteinpflaster, das Fahrradschloss klappert an der Stange. Auf der Hauptstraße braust ein Auto an ihr vorbei, tiefer gelegt und dunkel, die Bremslichter leuchten auf. Jemand dreht sich im Inneren des Wagens zu ihr um. Die Beifahrertür öffnet sich. Vics Finger umgreifen die Bremse. Die Tür schließt sich wieder, das Rot erlischt, mit einer brummigen Fanfare fährt das Auto an und weiter.
Hinter dem Bahnhof entdeckt sie den Wegweiser für den Radweg, der neben den Bahngleisen entlangführt. Dann fährt sie zwischen vom Wald gesäumten Seen hindurch.

Ihr Schatten vor ihr auf dem asphaltierten Weg: ein schmaler Kopf auf einem langen Hals, Kleidung, Rucksack und Rad verwachsen zu einer dunklen Fläche, der Schatten des Fahrradlenkers ragt an einer Seite heraus. Es sieht aus, als trüge sie ein ausladendes Kleid und halte eine Pistole in der Hand.

Ein Spinnfaden spannt sich über den Weg und glänzt im Licht. Er reißt auf Höhe ihrer Brust, bleibt am Stoff hängen. Als sie sich umdreht, sieht sie, dass er wie ein silbernes Haar hinter ihr herflattert.

Im Ausläufer eines Sees stehen Baumskelette, die Stämme grau, am oberen Ende noch einzelne karge Äste.

Auf das schlickrige Wasser setzt eine Spinne mit filigranen Beinen Kreuze.

Sie kommt durch eine leerstehende Siedlung aus einstöckigen Häusern. Einige Scheiben sind eingeschlagen, andere mit Brettern zugenagelt. Putz ist großflächig von den Wänden abgebröckelt, die dadurch sichtbaren Mauern dunkler, wie Teiche in einer Wüste.

Ein ausladender ringförmiger Ofen steht auf einem abgezäunten Gelände. Die Backsteinwände verjüngen sich nach oben, ein Schornstein ragt in den Himmel. Auf einem Schild steht »Ziegeleip«, der Rest verdeckt von schwarzem Graffiti. Direkt hinter dem Gelände fließt die Havel, in einer Hafenausbuchtung ragt monströs eine Verladeanlage über das Wasser, unzählige Verstrebungen und Winkel halten die Konstruktion.

Sie fährt über eine große leere Fläche, weiße Markierungen zeigen Parkbuchten an, in keiner steht ein Auto. Die Betonplatten liegen schief zueinander, wenn sie über die Kanten fährt, dellen sich die Reifen. Vic bleibt stehen und pumpt sie auf. Außer dem Zischen der Pumpe und ihrem Atem ist kein Geräusch zu hören.
Sie legt sich auf den Rücken. Spürt einzelne Steinchen zwischen Haut und Boden, auch, wie sich die Haare am Rücken plattdrücken, sie kratzig polstern. Die Schwere des Kopfes, dumpfe Wärme von unten, brennende von oben, Feuchtigkeit in den Achselhöhlen. Sie wendet den Kopf.

Das Gras am Ende des Platzes ist hoch und unbewegt, die Bäume dahinter auch. Sie hört ein entferntes, unbestimmtes Geräusch, aus dem sich irgendwann Stimmen lösen, ein Lachen. Über den Boden nimmt sie das Wispern von Reifen wahr. Sie hebt den Kopf. Eine Gruppe Fahrradfahrer, ein Mann fährt voraus, ein anderer in rot-schwarzer Funktionskleidung versucht, eine Frau in der Taille zu kitzeln, sie weicht lachend aus und wehrt seine Hand ab. Zwei Frauen nebeneinander, eine hat den Kopf in den Nacken gelegt, die andere greift sich an ihren Helm. Ein Mann schüttelt seinen Arm aus.

Ihre Gespräche verstummen, als sie Vic sehen, die sich aufsetzt. Als sie auf ihrer Höhe sind, bremst der Mann an der Spitze der Gruppe ab, setzt einen Fuß auf den Boden und fragt: »Haben Sie einen Platten?«

Sein Blick geht von Vic zu ihrem Rad, dem Rucksack und zurück. Eine Bremse quietscht.

»Ich mache nur Pause.«

Die Gruppe radelt an ihr vorbei, manche grüßen, andere nicken, eine Frau dreht sich nach Vic um. Vic hebt die Hand und die Frau wendet den Kopf wieder nach vorne. Der Mann zieht die Unterlippe zwischen die Zähne, drückt sich mit dem Fuß ab und fährt den anderen hinterher.

Die Haare auf ihrem Kopf sind heiß, auch der Rücken ist ungewohnt warm, das Oberteil über den Haaren verschwitzt. Sie betritt die Kirche. Sprossenfenster sind an der Front und den Seiten, die weiß getünchten Wände sind um die Fenster herum hell, in den Ecken des Raumes dunkler. An der von

schwarzen Balken getragenen Decke hängt ein Miniaturschiff mit einem braunen Fetzen als Segel. Die Bänke sind aus einfach gearbeitetem Holz mit Messingverzierungen an den Seiten zum Gang. Ein roter Sisalteppich führt zum Altar, das Altarbild ist eine Darstellung des Abendmahls. An einem der Fenster daneben flattert ein Spatz auf. Je näher sie kommt, desto aufgeregter fliegt er gegen das Glas. Mit behutsamen Schritten geht sie zu ihm, steigt unterhalb des Fensters auf einen Vorsprung in der Steinwand und greift nach dem Fenstergriff. Die Flügel des Tiers schlagen gegen die Scheibe, ein schabendes Geräusch. Vogelkot landet auf ihrem Arm. Als sie das Fenster aufzieht, fliegt der Spatz in einem großen Bogen durch den Kirchenraum, sie blickt ihm hinterher. Er knallt an ein Fenster in der Seitenwand und taumelt schräg auf den Boden. Sie läuft den Gang entlang, bis sie den Vogel zwischen zwei Bänken auf dem Boden sieht, wie er sein Gefieder aufplustert und ruckartig das Köpfchen bewegt. Sie beißt sich in die Haut am Daumennagel, drückt den Hautwulst mit den Zähnen zusammen und zieht ein Stück Haut ab.
Auf einer Bank vor einem Gedenkstein wischt sie den Fleck auf ihrem Arm mit der Hand weg und reibt sie danach im Gras. Unter dem Nagel des Zeigefingers bleibt weißlicher Kot zurück. Sie raucht zwei Zigaretten hintereinander, ihre Finger riechen torfig. Mit seiner schwarzen Holzverkleidung und den geschlossenen Läden ragt der Kirchturm massig zwischen den Bäumen auf. Sie geht in die Kirche zurück. Der Spatz liegt auf der Seite. Sie kniet sich neben das Tier und schiebt die Hand unter seinen Körper. Erschrickt, weil

eine Kralle sich auf ihre Hand legt. Die Federn sind weich, der Körper warm und leicht. Sie hebt den Spatz auf, sein Kopf liegt auf ihren Fingern, sie kann den kleinen Schädel spüren. Am Fahrrad wühlt sie mit der freien Hand im Rucksack, zieht einen Kosmetikbeutel heraus, dabei fällt ein Paar Socken auf den Boden, schüttet Lippenstift, Wimperntusche und Puder aus und bettet das Tier in das geblümte Stofftäschchen. Sie zieht den Reißverschluss zu und legt das Totenbehältnis ganz oben in ihre Tasche neben den Stein.

Ein roter Plastikeimer, in dem eine kleine Schaufel und gezackte Förmchen stecken, baumelt an ihrem Lenker, rutscht den Bügel entlang und schlägt gegen die Fahrradlampe. Im Stehen fährt sie eine Anhöhe hinauf und keucht, der Schweiß brennt auf ihrem Rücken. Getreidefelder wellen sich durch die Landschaft. In einer Senke ein Bauernhof mit Stallungen und einer Scheune.

Ein Fahrrad ist an einem Stab befestigt und schwebt über dem Boden am Eingang des Hofes, Gestell, Reifen, Speichen und Lenker sind rot bemalt. Ein Junge läuft über den Hof, er schlenkert mit den Armen. Als er sie sieht, bleibt er stehen und winkt. Blonde Haare hängen ihm strähnig über die Brille.

»Was machst du mit dem Eimer da?«

Sie zuckt mit den Schultern und hält an.

»Wir haben einen Bock und Alpakas. Willst du sie sehen?«

Hinter verschmierten Gläsern große Augen.

Sie nickt. Der Junge öffnet das Hoftor und hält ihr die linke Hand hin. Sie reicht ihm ihre, auch die linke, die er ungestüm schüttelt. Die Bewegung zieht sich durch seinen ganzen Arm, die Ellbogen knicken ein und selbst die Schulter hebt und senkt sich.

»Guten Tag, ich bin Lucas. Wie heißt du?«

»Vic.«

»Da lang.« Seine Hand umschließt zwei ihrer Finger.

Eine Frau tritt auf die Veranda des Hauses, sie reibt sich die Hände an einer Schürze ab und hebt die Hand. Sie hat kurze blonde Haare und einen gedrungenen Körper.

»Mögen Sie mit uns Kaffee trinken?«, fragt sie.

»Gerne.«

»Sie heißt Vic«, ruft der Junge seiner Mutter zu.

Auf einer abgezäunten Fläche stehen Alpakas im Schatten eines Baums und schauen herüber. Entlang des Zauns haben ihre Hufe das Gras plattgedrückt.

»Die sehen aus wie große Pudel«, sagt Vic.

Der Junge lacht und sieht sie an. »Wo kommst du her?«

»Aus Berlin.«

»Gibt es da einen Kran?«

Vic nickt.

»Weil, ich war mit Mama in Neustrelitz und da stand ein Kran und hat sich so über mich gedreht.« Der Junge zeichnet mit dem Arm einen Halbkreis in die Luft.

»In Berlin gibt es viele Kräne.«

»Wie viele?«

»Tausend.«

Die Augen des Jungen werden noch größer. »Du lügst.«

Sie lacht. »Vielleicht auch nur neunhundertneunundneunzig.«

Er kraust die Nase, seine Brille schiebt sich näher an die Augen heran, eine Bruchstelle des Bügels ist mit einem Klebestreifen fixiert. »Wo ist das denn?«
»Schon ein Stück weg.«
»Wie weit weg?«
»Wenn du jeden Tag Fahrrad fährst, dann ist es drei Tage weit weg.«

Die Frau hat den Holztisch auf der Veranda gedeckt, Vic schiebt auf einer der Bänke eine Kiste mit Spielzeug zur Seite und setzt sich. Vom Überbau der Veranda hängen Blumenkübel und Lampions. Eine niedrige Couch steht an der Hauswand, ein buntes Stofftuch auf der durchgewetzten Sitzfläche. Der Kaffee ist stark und es gibt Puddinggebäck. Lucas und sein kleiner Bruder Jacob sitzen Vic gegenüber und trinken Kakao. Lucas bläst mit vorgeschobener Unterlippe aus, eine seiner Haarsträhnen wippt in dem Luftzug. Jacob hat Kakaoreste an der Oberlippe. Er hält die Tasse vors Gesicht und sieht Vic an. Blass ist er.
»Bei uns kommen immer mehr Fahrradfahrer vorbei. Und da dachten wir, wir vermieten ein Zimmer«, sagt die Frau. Sommersprossen sprenkeln ihre Backen, das Gesicht ist grob mit einem breiten Mund und einer großen Nase.
»Weißt du noch, der Mann?«, sagt Lucas und tippt seiner Mutter auf den Arm.
Sie lacht. »Der kam aus Spanien, wollte nach Russland weiter. Ganz sehnig und braungebrannt war der.«
»Und der hatte nur eine kleine Tasche dabei.« Lucas hält seine Hände handbreit auseinander.

»Bisschen mehr war's schon.«

Eine Katze springt auf die Bank und die Frau verscheucht sie mit der Hand.

»Ich heiße übrigens Brigitte.«

»Ich bin Vic. Und ja, eigentlich braucht man nicht viel. Ein paar Klamotten, hin und wieder Strom, eine Dusche.«

»Menschen«, sagt Brigitte.

Jacob zieht eines der Blätter des Teigs ab, verkrümelt es auf dem Teller.

»Tut dein Bauch wieder weh?«, fragt Brigitte und streicht dem Kind die Haare aus der Stirn.

Vic sieht, dass sie auf dem Handrücken besonders große Sommersprossen hat. Das Kind schüttelt den Kopf.

»Er hat einen Knick im Darm«, sagt Lucas.

»Wir hoffen, dass wir es so hinkriegen und er nicht operiert werden muss.« Brigitte schaut auf die Tischplatte. »Mögen Sie noch Kaffee?«

»Nein, danke.«

Vic hilft, das Geschirr in die Küche zu tragen.

»In der Nähe ist ein See, falls Sie heute Abend noch baden mögen. Und das Badezimmer ist im oberen Stockwerk.«

Über dem Esstisch hängt das Foto eines Mannes, der Mund schmal und geschlossen.

»Mein verstorbener Mann«, sagt Brigitte.

»Das tut mir leid.« Vic reicht ihr eine Tasse und sie räumt sie in die Spüle.

»Mir auch.« Brigitte richtet sich auf und stemmt die Hände in den Rücken. »Vor allem für die Kinder.«

»Und Sie betreiben den Hof jetzt alleine?«

»Ja, ich habe aber nur noch die Tiere, die Felder sind verpachtet, und ich arbeite halbtags im Büro einer Autowerkstatt.«

Lucas' Stimme schallt von draußen herein, er erklärt seinem Bruder den Weg, den er mittags mit dem Fahrrad gefahren ist. Brigitte lächelt, und Vic kann sie sich als kleines Mädchen vorstellen, mit blonden geflochtenen Zöpfen und pausbäckig. Vielleicht wurde sie »Biggi« gerufen oder »Gitte«.

Brigitte schließt die Maschine und stellt sie an.

»So«, sagt sie.

In einer Fuge ist ein weißer Zahnpastaklecks, der rissig auf eine Fliese lappt. Der Toilettendeckel hat einen plüschigen Überzug und Vic spürt die Fasern an Schenkeln und Hintern. Sie atmet tief durch. Ihre Finger sind blutig. Wenn sie den Rücken rund macht, reißt der Schorf, führt sie die Schulterblätter zusammen, drückt er in wunde Haut. Es klopft an der Tür und sie schrickt auf.

»Entschuldigung«, sagt Brigitte, »Jacob ist schlecht.«

Vic zieht ihr Oberteil an und öffnet die Tür. Der Junge ist käsig im Gesicht, seine Lippen bläulich, sie zittern. Mutter und Sohn drängen sich an ihr vorbei.

Vic setzt sich in den Garten und raucht. Lucas stellt sich vor sie.

»Ich fahre auch immer Fahrrad«, sagt er, »jeden Tag.«

»Und wo fährst du hin?«

»Mit meinem Freund über die Felder, bei dem großen Baum überlegen wir, ob wir eine große Runde fahren oder umkehren. Wir fahren oft die große Runde. Die ist auch steil.«

»Toll.«

»Warum hast du so einen roten Eimer?«

»Eigentlich wollte ich eine richtige Schaufel und dann habe ich nur dieses Spielzeug gefunden, in einem Supermarkt.«

»Und wofür brauchst du das?«

Vic drückt die Zigarette ins Gras. »Ich habe einen toten Spatz dabei, den wollte ich irgendwo beerdigen.«

»Milly haben wir hinter der Scheune begraben.« Lucas fuchtelt mit der Hand in der Luft. »Das ist unsere Katze. Also die andere.«

»Zeigst du es mir?«

Sie folgt dem Jungen. Ein Stein liegt auf der Erde, der Name des Tiers steht in weißen Buchstaben darauf, ein Wacholderstrauch ist daneben gepflanzt.

»Wir haben Milly auch den Ball mitgegeben. Mit dem hat sie immer gespielt.«

Sie stehen nebeneinander und schauen auf den Stein.

»Wir müssen tief graben, damit der Hund den Spatz nicht ausbuddelt.«

Lucas springt davon und kommt mit einem Spaten wieder. Er zeigt ihr, wie sie das Blatt mit dem Fuß in die Erde drücken muss, und setzt dabei sein ganzes Gewicht ein. Sie wechseln sich ab. Anfangs schüttet Lucas die Erde über seinen Rücken nach hinten, später direkt neben die entstehende Vertiefung.

»Papa ist auch beerdigt, auf dem Friedhof. Da haben andere ein Loch gemacht.« Lucas hat innegehalten. »Der Sarg ist ganz tief in die Erde gegangen. Und Mama hat geweint. Ich nicht.« Der Junge schiebt seine Brille zurecht. »Er ist jetzt im Himmel und guckt runter zu uns.«

Lucas stößt auf einen Stein und buddelt ihn frei. Danach reibt er seine Hände an der Hose ab. »Wie heißt der Spatz?«

»Er hat keinen Namen. Er ist einfach ein Spatz.«

»Dann schreiben wir Spatz auf den Stein.«

Vic holt den Beutel mit dem toten Tier, Lucas pflückt am Feldrand stachelige Blumen, an manchen hängen noch Wurzeln. Sie legt den Stoffsarg in das Erdloch, der Boden ist feucht und kalt.

»Du musst noch was sagen.« Lucas schiebt seine Hand in ihre.

Sie atmet durch. »Lieber Spatz, bitte verzeih mir. Mögest du im Himmelreich auf ganz viele liebe Spatzen treffen, mit denen du durch die Wolken fliegen kannst.«

Sie sieht den Jungen an.

»Amen«, sagt er.

»Amen«, wiederholt sie.

»Hast du den Spatz getötet?«

Vic sieht auf den Boden. »Leider. Ich wollte es nicht.«

Lucas nickt. Dann schaufelt er das Loch zu. Mit dem Spatenblatt klopft er die Erde flach und legt den Stein auf die dunkle Stelle. Vic drapiert sie mit den Blumen.

»Warte.«

Der Junge kommt mit einem Filzstift zurück und drückt ihn ihr in die Hand.

»Schreib du«, sagt sie.
»Ich kann nicht.« Der Junge dreht den Oberkörper hin und her, seine Arme schwingen mit.
»Komm, ich zeige es dir.«
Sie schreibt in seine Handfläche. Lucas überträgt die Buchstaben auf den Stein, das S schreibt er verkehrt herum, das Z bekommt einen langen Unterstrich.
»Du Zorro, ich danke dir«, sie legt die Hand auf seine Schulter.
Der Junge legt seine Hand auf ihre, die Sicheln seiner Fingernägel sind schwarz.
»Komm, jetzt zeig ich dir den Bock.«
Ein Krankenwagen steht auf dem Hof.
»Gott, da seid ihr ja, ich habe dich gesucht, Lucas.« Brigitte kommt auf die beiden zu.
»Jacob«, sagt Lucas und bleibt stehen.
»Jacob hat wieder eine Kolik. Wir fahren ins Krankenhaus.« Brigittes Stimme ist hoch und dünn, sie droht, jeden Moment abzubrechen, so als schöpfe Brigitte nicht genug Luft für die einzelnen Sätze. Sie zieht einen Schlüssel aus der Tasche, eine Packung Taschentücher fällt heraus. Vic hebt sie auf und gibt sie ihr.
»Kann ich irgendetwas machen?«
Sie sieht, dass Brigitte Lippenstift aufgelegt hat. Ihre Augen wandern nervös von Vic zu Lucas und wieder zu Vic.
»Mögen Sie mit Lucas hierbleiben? Es ist mit ihm immer schwierig im Krankenhaus. Das erinnert ihn an seinen Vater.«
»Klar.«

»Meine Handynummer steht auf der Tafel in der Küche. Ich rufe vom Krankenhaus noch mal an. Vielen Dank. Lucas, sei brav.«
Der Junge nickt und rückt wieder seine Brille zurecht. Brigitte drückt ihm einen Kuss auf die Wange und dreht sich zum Krankenwagen um. Ein Sanitäter hält ihr die Wagentür auf.

Die Flecken auf der Lehne und Sitzfläche der Ledercouch sehen aus wie dunkle Seenlandschaften. Lucas sitzt ihr im Schneidersitz gegenüber, die Stoffdecke unter seinem Hintern verkrumpelt. Unter dem Holzboden der Veranda raschelt es. Vic sucht den Blick des Jungen, doch der sieht konzentriert auf die Karten in seiner Hand, dreht und sortiert sie und schiebt eine Karte in seinem Blatt hoch. Dann linst er zu ihr und drückt die Karten an die Brust. Vic greift nach dem Schwarzen Peter. Lucas grinst schelmisch. Sie tut überrascht.
»Ich hab Hunger«, sagt er, als sie auf der untersten Stufe der Veranda sitzt und raucht. Das Gras unter ihren Sohlen fühlt sich klebrig an. Hinter dem Geländer der Veranda wachsen Sonnenblumen, die Blütenschirme dunkel im Licht der tiefstehenden Sonne.
»Ich mach gleich was.«
Sie fotografiert sich mit ihrem Telefon und betrachtet das Bild. Der zum Bildrand ausgestreckte Arm wird immer breiter. Hand und Gerät werfen einen Schatten auf ihre Augen und die Wangen. Ihre Haut ist dunkler geworden seit ihrem Aufbruch, großporiger auch. Lucas setzt sich neben

sie, er riecht nach alter Butter, und schaut auch. Sie macht ein Foto von ihnen beiden. Lucas lacht darauf mit offenem Mund.

Später hilft er ihr beim Schälen der Kartoffeln.

»Kennst du den Ralf?«, fragt er.

Dicke Stücke fallen auf das Zeitungspapier.

»Nicht so viel, Lucas, etwas Kartoffel muss zum Essen noch übrig bleiben.«

Der Junge knibbelt von einem besonders dicken Schalenstück die Haut ab. »Und kennst du jetzt den Ralf?«

»Glaube nicht.«

Lucas kichert. »Mama ist in ihn verliebt.«

»Woher weißt du das?«

»Sie hat ihn geküsst.«

Er spitzt die Lippen und gibt einen schmatzenden Laut von sich. Danach wischt er sich mit dem Unterarm über den Mund.

»Und wie findest du das?«

Der Junge überlegt und hält den Schäler in die Luft.

»Gut«, sagt er schließlich und nickt, seine Brille rutscht ein wenig auf seiner Nase vor.

Sie schneidet die Kartoffeln in Scheiben und Lucas schenkt sich Milch ein. Die Kühlschranktür rumst in die Halterung zurück. Lucas setzt sich auf die Arbeitsplatte und baumelt mit den Beinen. Dann fragt er: »Hast du auch schon mal geküsst?«

Er springt von der Platte und verschüttet dabei die Milch. Er wischt die Pfütze mit einem Küchentuch auf, das er danach in die Spüle wirft, und kommt an den Tisch. »Hast du?«

Er nimmt den Schäler und drückt die Spitze in die Tischplatte.
»Ja.«
Er macht eine Kerbe nach der anderen in das Holz. Mit der Zeit sieht es aus, als sei ein Fahrrad in Schlangenlinien über den Tisch gefahren und hätte sein Reifenprofil im Holz hinterlassen. Vic sagt es ihm und er betrachtet sein Werk.
»Oder ein Tausendfüßler mit nur einem Bein.«
Vic muss lachen. Lucas drückt den Kopf auf die Brust und sieht sie am Rahmen seiner Brille vorbei an. Er studiert ihr Gesicht, ihren Mund, ihre Augen. Dann wiederholt er seinen Witz und Vic lacht erneut.
Sie hält im Schneiden inne. »Küssen ist schön. Man schließt die Augen und ist dem anderen ganz nahe.«
Lucas zuckt mit den Schultern.

Später bringt sie den Jungen ins Bett. Er weigert sich, die Zähne zu putzen, und behauptet, das tue er abends nie. Umständlich klemmt er die Bettdecke von allen Seiten um seinen Körper und zieht darunter seine Kleidung aus. Hose, Oberteil und Socken fallen auf den Boden, dann schlüpft er in seinen Schlafanzug. Sie dreht ihm den Rücken zu und schaut sich die Spielzeuge und Bücher an. Ein Puzzle mit Hundemotiv liegt auf dem Tisch, der Rand und der Kopf des Hundes sind fertig, für den blauen Hintergrund fehlen noch Teile. Sie probiert bei zweien, ob sie passen. Die Bettdecke raschelt und der Junge schnauft. Als sie sich zu ihm umdreht, beulen seine aufgestellten Knie die Decke aus, er blinzelt sie an.

Die unendliche Geschichte liegt auf seinem Nachttisch, Vic setzt sich auf die Bettkante und liest ihm daraus vor. Bei der Sprache der einzelnen Figuren variiert sie ihre Stimme, gibt den Steinbeißer dunkel, das Irrlicht spricht hoch und flirrend. Lucas blättert, kaum hat sie einige Absätze gelesen, vor und zeigt ihr, dass die Schriftfarbe wechselt. Sie wartet, bis er die Seiten loslässt, schlägt wieder die Stelle auf und streicht ihm über die Haare. Lucas dreht sich einmal um die eigene Achse.
»Lesen«, sagt er und strampelt mit den Beinen unter der Decke. Dann möchte er wieder umblättern.
»Ich bin noch nicht so weit.«
»Wo bist du denn?«
Mit dem Finger folgt sie den Wörtern, die sie liest. Lucas schaut aufmerksam hin und schlägt erst um, wenn sie am Ende der Seite angekommen ist.
Irgendwann fragt sie: »Kannst du jetzt schlafen?«
»Bleibst du und machst das kleine Licht an?«
Er deutet auf seine Nachttischlampe. Als Vic sie einschaltet, dreht sich der Schirm. Sie knipst die Deckenlampe aus. Wassermotive werden in den Raum reflektiert und bewegen sich über die Wände, die Decke, Möbel, Gegenstände. Ein roter Fisch schwimmt über Lucas' Gesicht und springt auf die Wand. Lucas legt die Brille auf den Nachttisch und lässt sich rücklings aufs Bett fallen.
»Schlaf gut.«
Lucas dreht sich auf die Seite und seufzt. Er hat den Mund offen und ein Zipfel des Kissenbezugs bewegt sich, wenn er ausatmet. Unter der Decke schaut ein Fuß hervor, auf den

Vic ihre Hand legt, die Sohle ist weich, und sie fühlt den Puls des Kindes.

Das Telefon drückt auf ihren Bauch. Sie setzt sich auf. Sieht Karls Nachricht auf dem Display und öffnet sie.
macke? was hast du vor? wollte dich nicht wegdrücken, war gestern ungeschickt. kommst du wirklich?
Sie fährt sich durchs Gesicht und spürt, wie uneben ihre Haut auf der einen Wange ist, vom Teppich gemustert. Erinnert sich an eine unruhige Nacht auf dem Boden, zugedeckt mit dem Umhang von irgendeinem Kinderkostüm. Immer wieder hat sie das Telefon angeklickt und dann doch nicht mitbekommen, als die Nachricht kam.
Lucas schläft eingerollt, seine Knie sind hochgezogen. Die Decke ist an seinen Füßen zusammengeknäult, sein Oberteil ist verschoben und sie sieht, wie sich die Wirbelsäule unter der Haut abzeichnet. Sie berührt ihren Rücken, die Borsten scheinen länger und weicher geworden zu sein. Sie ist sich nicht sicher. Sie nimmt sie zwischen die Finger und reibt sie aneinander. Der Lampenschirm dreht sich noch, Fische und Boote und Kraken bewegen sich blass über die Tür und die Wand und verlieren sich dann. Ein Streifen Morgensonne hängt vom Fensterbrett und verläuft quer über den Boden, ihr Fuß ist ins Sonnenbecken getaucht. Sie deckt Lucas zu, lehnt sich an das Bett und liest abermals Karls Text. Dann scrollt sie den Nachrichtenverlauf nach oben.

Mo., 7. Jul.

Hey Karl, wo fahren wir eigentlich hin? Meer oder See. Mir ist es gleich, Hauptsache wir beide. Gerne auch Lotta. Urlaubsantrag ging durch und ab Samstag bin ich dein … Vic

12:31

Di., 8. Jul.

Jemand da? Geh doch mal ans Telefon oder schreibe mir … Sehn- und urlaubssüchtige Vic

16:12

Di., 8. Jul.

Kaaaaaaarl!

22:00

Mi., 9. Jul.

hey vic, war mit lotta unterwegs, zahnarzt, viel zu viel los, weiß nicht, wo mir der kopf steht. bin ab freitag weg. danach dann. kuss, k

15:22

Mi., 9. Jul.

Ups, wo bist du denn dann?

15:24

Mi., 9. Jul.

an der ostsee, mit lotta und annika im ferienhaus ihrer eltern. möchte mit lotta sein.

16:01

Mi., 9. Jul.
??????
16:05

Mi., 9. Jul.
Was heißt das? Bin sehr irritiert. V
18:23

Mi., 9. Jul.
es ist gut für lotta, mit ihren eltern zu sein. puh.
18:44

Mi., 9. Jul.
Karl, wir waren doch verabredet und ich habe mich darauf eingestellt. Reden? Bitte, Vic
18:52

Mi., 9. Jul.
Und Annika und du? Schlaft ihr in einem Zimmer?
20:11

Mi., 9. Jul.
es geht um lotta!!
20:30

Mi., 9. Jul.
Und wann wolltest du es mir sagen, dass wir nicht zusammen verreisen?
20:40

Mi., 9. Jul.
Magst du die Fragen nicht beantworten? Schlaft ihr zusammen oder nicht?
21:11

Mi., 9. Jul.
mal wieder pistole auf der brust. geht nicht. ich melde mich wieder.
21:49

Mi., 9. Jul.
mach's gut und viel sonne. karl
21:53

Sie wirft das Telefon auf den Boden. Es knallt lauter auf, als sie erwartet hat. Lucas schläft davon ungestört.

Brigitte sagt, dass sie gleich wieder ins Krankenhaus fährt, wo Jacob über Nacht zur Beobachtung bleiben musste. Ihre Bewegungen sind fahrig. Sie bestreicht eine Scheibe Brot mit Butter, die Scheibe bricht in der Mitte, Brigitte flucht leise. Vic wippt mit den Beinen unterm Tisch und trinkt Kaffee, obwohl er zu heiß ist und ihre Mundhöhle aufraut.
»Kann ich mitkommen?« Ihre Stimme schwankt und findet nicht ihren eigentlichen Klang.
Brigitte sieht sie an.
»Ich habe ein Hautproblem, schon einige Tage, und es geht nicht weg.«
Brigitte nickt und ruft nach Lucas, sie nennt ihn Schlafbeule.

»Wenn Sie möchten, ich kann es mir ansehen«, sagt sie und räumt einen Teller und Besteck für den Jungen auf den Tisch.

Die Wände und Gegenstände im Raum rücken für einen kurzen Moment näher zusammen, Kühlschrank, Regale, das Geschirr auf der Ablage, Stühle, eine Pflanze und das Fenster mit den Sprossen, nur Brigitte bleibt unverändert in der Mitte stehen. Die eine Hand auf der Stuhllehne, sieht sie Vic an. Die schließt die Augen, öffnet sie wieder, dreht sich dann mit einem Ruck auf dem Stuhl um und schiebt ihr Oberteil hoch, bis ihre Finger durch Borsten fahren. Sie hält mit der Bewegung inne.

»Oh.« Brigitte rückt mit einem Stuhl an Vic heran.

Lucas kommt in die Küche und Vic zieht rasch das Shirt runter.

»Was macht ihr da?«, fragt der Junge und schlägt mit den Händen auf die Tischplatte, Messer und Teller klirren.

»Nichts«, sagt Vic.

»Iss dein Brot, wir fahren gleich alle ins Krankenhaus«, sagt Brigitte.

Sie sieht Vic an, etwas Weiches legt sich in die markanten Gesichtszüge. Vic ist irritiert. Auf der Fahrt schaut sie schweigend aus dem Fenster, obwohl Lucas mehrere Male fragt, was Vic habe.

»Lucas, lass es einfach«, sagt Brigitte.

Der Junge sieht zur anderen Seite auf die vorbeiziehende Landschaft und Vic würde gerne ihre Hand auf seine legen, traut sich aber nicht.

»Sie wissen schon, dass dies eine Notaufnahme ist.« Die Frau hinter dem Schalter lässt den Kugelschreiber zwischen ihren Fingern wippen. »Bei einem Ausschlag können Sie auch zu Ihrem niedergelassenen Arzt gehen.«
»Aber es blutet, und außerdem komme ich nicht von hier.« Vic hält der Frau ihre Versichertenkarte hin, bis diese sie nimmt und ihren Namen auf eine Liste schreibt.
Der Arzt hat eine hohe, breite Stirn, helles Haar steht störrisch von seinem Kopf ab. Er schaut an Vic vorbei, als er ihr die Hand reicht, die massig ist und sich doch nur kraftlos in ihre legt. Er setzt sich auf den Rand einer Krankenliege und zieht ein Bein hoch, so dass das Knie auf der Fläche liegt.
»Frau ...«, er schaut auf das Formular, »was bringt Sie her?«
Vics Stimme überschlägt sich, als sie antworten möchte, ein unverständliches Quaken geschlossener Vokale. Sie räuspert sich und beginnt von neuem.
»Mir wachsen Haare auf dem Rücken.«
Der Satz sinkt wie ein Anker in ihr und zieht ihren Rumpf nach unten. Es kostet sie Mühe, aufrecht sitzen zu bleiben und den Arzt anzusehen, der mit einem Stift auf das Formular kritzelt und dann den Blick hebt.
»Zeigen Sie mal.«
Sie zieht ihr T-Shirt über den Kopf und walkt es in ihrem Schoß. Noch wendet sie dem Arzt ihre Vorderseite zu, erst als er den Mund öffnet, dreht sie sich um. Sie hört, wie er aufsteht und zwei Schritte auf sie zukommt. Spürt seine Hand auf ihrem Rücken. Sie weint. Erst tropfen Tränen still auf das Shirt, dann bricht ein Laut aus ihr heraus.

»Entschuldigung.« Sie beugt sich nach vorne, wird geschüttelt von Weinen.

»Beruhigen Sie sich«, sagt der Arzt. »Was ist denn passiert?« Er sieht sie an, als lauere er auf etwas.

»Ich weiß nicht, wie das passiert ist.« Sie dreht sich wieder ganz zu ihm um, versucht, mit den Armen ihre Brüste zu bedecken.

»Wie lange geht das denn schon?«

»Zwei, drei Tage. Das juckte und dann unter der Dusche habe ich es gefühlt.«

»Unter der Dusche?«

»Ja.«

»Vor drei Tagen?«

»Vor zwei Tagen eigentlich. Es ist auch gewachsen. Ziemlich schnell.«

Der Arzt setzt geräuschvoll den Stift auf, schabt ihn zackig über das Papier.

»Was ist das denn?«, fragt sie.

Der Arzt presst die Lippen zusammen. »Ich weiß es nicht«, sagt er schließlich. »Wir finden das raus. Was ist gerade los bei Ihnen?«

Mit ihrem Oberteil reibt sie sich über das Gesicht, versucht dabei, die Arme weiterhin vor der Brust zu halten.

»Ich habe Angst.«

»Angst«, wiederholt der Arzt.

»Davor«, sagt sie.

Seine Lippen werden wieder schmal, er brummt und schaut zu seinen Fußspitzen. Am liebsten würde sie ihm ins Gesicht schlagen, mit der flachen Hand auf seine Nase.

»Hören Sie«, er hebt den Kopf, »ich schlage vor, wir nehmen Sie auf, machen eine Dokumentation und eine ausführliche Anamnese. Ich möchte einen Kollegen hinzuziehen. Die Anmeldung übernimmt die Formalitäten.«
Sie versucht, ihr Oberteil wieder anzuziehen, der Arm geht erst durch die Öffnung für den Kopf, feuchter Stoff drückt sich auf ihr Gesicht.

Der obere Wimpernkamm klebt am unteren, ein unscharfer, heller Fleck in ihrem Sichtfeld, der sich schmatzend auflöst. In der Ferne piepst es. Es riecht nach Chlor. Sie reibt die Augen. Der schmale Raum im grellen Licht mehrerer Neonröhren. Ihr schräg gegenüber steht ein Bett, die Matratze mit Folie überzogen, darunter Metallverstrebungen, zwei breite Bänder hängen lose durch, die Räder sind mit Bremsen blockiert. Sie zieht die Füße auf die Sitzfläche des Stuhls, umarmt die Beine. Auf dem gekrümmten Rücken lösen sich einzelne Haare voneinander. Sie holt ihr Telefon aus der hinteren Hosentasche. Zehn Uhr zwanzig. Kein Empfang. Auch nicht zum Telefonieren. Stellt die Beine auf den Boden zurück. Zu beiden Seiten des Raums ist eine Tür. Sie weiß nicht mehr, durch welche sie gekommen ist, ihr gedeutet wurde, hier zu warten. Sie scharrt mit den Füßen über den Boden, sieht auf das Telefon, öffnet die Fotofunktion. Die Kamera richtet sie so auf sich, dass sie sich im Display sehen kann. Sie sieht furchtbar aus, der Kopf seltsam lang, die Nase, als wäre sie ein Stück zu weit nach oben versetzt, Wangen und Kinn rot gefleckt. Sie führt das Telefon seitlich über die Schulter, sieht den Nacken, den Saum

des Oberteils, wie sich ihr Rücken leicht unter dem Stoff rundet. Ihre Augen schmerzen vom Nach-hinten-Sehen. Die geschwungene Plastiklehne des Stuhls kommt ins Bild. Dahinter an der Wand ein dunkler Fleck. Sie springt auf.
Vor einer der beiden Türen hektische Schritte, das Geräusch endet abrupt, jemand anderes kommt dazu.
»Müssen wir verlegen?«, fragt eine Frau.
Im Stehen ist der Fleck nicht zu sehen, von der Lehne verdeckt, Vic beugt sich zum Stuhl. Wie Schorf hebt er sich von der Tapete ab, läuft schräg nach unten aus.
»Heute noch«, sagt ein Mann. Sie kann nicht ausmachen, ob es der Arzt ist. »Ich hab bereits …« Die beiden entfernen sich.
Vic macht einen Schritt zur entgegengesetzten Tür, der Boden kippt und die eine Wand bewegt sich auf sie zu. Sie stützt sich mit der Hand an ihr ab, geht auf dem schwankenden Boden weiter, drückt die Klinke. Die Tür ist verschlossen. Der Chlorgeruch ist unerträglich. Einen Moment meint sie, keine Luft zu bekommen. Sie dreht sich um, ihr Blick findet keinen Halt an den weißen Wänden. Sie rennt die paar Meter zu der einen Tür. Öffnet sie. Am Ende eines Flurs ist eine Schiebetür, dahinter fährt ein Krankenwagen vor. In die andere Richtung ein langer Gang, Menschen sitzen an den Wänden. Zwei Personen in weißen Kitteln kommen ihn entlang.
Als sie am Krankenwagen vorbeirennt, wird gerade ein alter Mann in einem Rollstuhl herausgeschoben. Sein Kopf ist auf die Brust gesunken. Das Vordach des Krankenhauses endet und sie hat klaren Himmel über sich.

»Was hast du gehabt?« Brigitte ist mit Jacob einkaufen, nur Lucas ist da.
Sie antwortet nicht. Zieht den Reißverschluss des Kulturbeutels zu, die Artikel dellen sich unter dem Leder, stopft ihn in den Rucksack, legt den Stein obendrauf.
»Kommst du wieder?« Lucas steht im Türrahmen, mit in den Nacken gelegtem Kopf, um in ihr Gesicht zu sehen, er schiebt seine Brille auf dem Nasenrücken hoch.
»Lucas, gerne, irgendwann«, sie berührt seinen Kopf, dreht eine Strähne um den Finger, »ich muss nur los, habe schon viel zu viel Zeit verloren.«
Lucas nickt.
Am Tor winkt er ihr nach, schüttelt den ganzen Arm. Sie fährt drei Schlaufen auf der Straße, um ihm auch zu winken und ihn noch mal zu sehen.

4

In einem weiten Bogen fährt sie erst um einen See, der rechter Hand von ihr liegt, dann in einem gleichermaßen langgezogenen Bogen um einen weiteren See zur Linken. Sie kommt in eine ruhige Wohngegend, der Weg führt in die Innenstadt. An einer Uferpromenade: Flaneure in sommerlicher Kleidung, wuselnde Kinder. Zwei dicke Frauen plaudern miteinander, ihre Füße unter den breiten Schenkeln nach außen gedreht, bei einer knittert die Hose im Schritt. Eine Jugendgruppe nimmt den ganzen Weg ein, so dass Vic auf den Rasen ausweicht, um an ihr vorbeizukommen. An einem Gasthaus steigt sie vom Fahrrad, ihre Beine zittern. Sie schüttelt sie aus. »Zimmer frei« steht auf einem Schild am Eingang. Sie macht sich eine Zigarette an, durch die Fenster sieht sie, wie eine Frau ein Tablett mit Getränken durch die Gaststube trägt. Gäste sitzen darin und im Garten hinter dem Haus. Sie hört Stimmen, Besteck kratzt auf Geschirr. Sie steigt wieder aufs Rad. Auf dem Asphalt ein durchgestrichenes Fahrradsymbol. Immer weniger Menschen, an denen sie sich vorbeischlängeln muss. Sie findet zurück in einen gleichmäßigen Tritt.

Die Sonnenstrahlen kommen schräg durch die Bäume, wandern über den Reifen, den Lenker mit der roten Klingel, ihre Hände und Arme. Gänsehaut darauf. Der Weg ist geschottert. Das Fahrrad überträgt die Unebenheit in ihren Körper, ihre Arme und Beine kribbeln. Sie weicht auf das Laub am Wegrand aus, das knistert. Als sie über einen von Blättern verdeckten Ast fährt, ihr Hintern kurz abhebt, dann der Sattel unerwartet heftig gegen ihr Schambein schlägt, wechselt sie wieder auf den Weg. Der Schotter endet, im nun erdigen Boden die Reifenspuren eines Fahrzeugs. Sie fährt in einer der Mulden, Fischgrätenmuster vom Profil des Reifens.

Kühl ist es. Der Boden ist nicht mehr trocken und rissig, wird feucht, die Rillen sind dunkel mit Wasser getränkt, das Fahrrad zieht Matsch mit, der durch die Fliehkraft wieder verspritzt wird. Sie fährt auf die holprige Erhöhung zwischen den Fahrzeugspuren, doch dann gibt der Boden auch hier weich nach. Sie spürt, wie die Räder sich in den Morast graben, immer mehr Schlamm aufwühlen, der zwischen Rädern und Schutzblech hängenbleibt. Mit der Zeit fühlt es sich an, als führe sie mit angezogenen Bremsen. Sie hält an. Ihre Unterschenkel braun gesprenkelt. Mit einem Holzstück stochert sie unter dem Schutzblech, reibt den Dreck heraus. Schaut den Weg hoch und runter, auf den sich Dämmerung legt und das Grün und Braun des Waldes trübt. Nur über den Baumkronen ist noch blauer Himmel auszumachen. Als sie das Rad einigermaßen von Schlamm befreit hat, kommt sie wieder etwas schneller voran, schlingert jedoch immer wieder im feuchten Untergrund. Sie lenkt mit den Armen dagegen und spürt, wie verkrampft sie sind.

Die Reifenspuren enden, Vic erkennt, dass das Fahrzeug gewendet hat. Sie holt ihr Telefon aus der Tasche. Ein kurzer roter Balken zeigt an, dass der Akku fast leer ist. Sie tritt wieder kräftig in die Pedale. Zählt die Umdrehungen, laut, jeder Tritt eine gekeuchte Zahl. Hält immer wieder an und stochert fluchend unter dem Schutzblech. Ihre Schuhe sinken ein und lösen sich schmatzend vom Boden, wenn sie wieder aufsteigt. Sie kommt an eine Abzweigung. Es gibt kein Schild. Im Norden ist sie nie zu sehen. Der Weg ist wieder geschottert. Hinter einer Schranke fährt sie auf ein offenes Feld hinaus. Der Himmel weitet sich dunkelblau, die Luft ist klar.

»Das war früher ein Forsthaus.« Die Frau geht die Treppen vor ihr hoch ins Dunkle. Ein Schalter klickt, dann blinkt eine Leuchtstoffröhre auf. »Ich habe die Einrichtung größtenteils belassen.«
Sie dreht sich zu Vic um, ist kaum älter als sie. Sie trägt eine grau glänzende Trainingshose und einen grobmaschig gestrickten Pullover aus grüner Wolle. »So spät kommen selten Gäste.«
»Ich habe mich vertan mit dem Weg.«
»Ja, das zieht sich durch die Heide.« Ihr Blick tastet sich an Vics Körper hinab, verweilt an den Schuhen.
»Soll ich?« Vic deutet auf die Schuhe.
»Bitte. Und kommen Sie dann, ich zeige Ihnen alles.«
Von einem größeren Raum gehen mehrere Zimmer ab, die Wände holzvertäfelt, im schalen Lichtschein aus dem Eingangsbereich Geweihe, ihre Schatten ziehen sich lang verästelt über die Wände. Von einem Tischchen schaut ein Fuchs her, einen Lauf nach vorne gehoben, den Schwanz

gebauscht. Vic wendet den Blick ab, in ihrem Mund sammelt sich Speichel.
Die Frau öffnet eine Tür, dahinter eine Küche. Vic schreibt im Licht einer Abzugshaube Namen, Adresse, Personalausweisnummer, Geburtsdatum, Tage der An- und Abreise in ein Formular. Den Kragen der Jeansjacke hat sie aufgestellt.
Die Frau zieht einen der furnierten Wandschränke auf.
»Wir haben herzhaften Jägertopf hier.« Die Frau lacht, ihre Backen wölben sich hervor. »Das können Sie einfach in Wasser heiß machen. Oder essen Sie kein Fleisch?« Die Frau betrachtet Vics Gesicht, als sehe sie dort eine Anomalie. Intuitiv greift Vic sich in den Nacken.
»Doch.« Sie fährt sich einmal mit der Hand über das Gesicht. »Gibt es hier Internet?«
»Je nachdem, wie der Wind geht.« Die Frau legt den Kopf schief. »Ich habe Netz, aber … Sie sind ja schließlich im Urlaub.«
»Wie man's nimmt.«
Die Frau starrt sie wieder an, dann scheint ihr etwas einzufallen, der Blick belebt sich und sie zeigt auf den Kühlschrank. »Dort finden Sie Getränke, Wein, Bier und Jägermeister.« Die Frau kichert wieder.
Vic reicht ihr den ausgefüllten Bogen. »Könnte ich das Zimmer sehen?«
»Sie können aussuchen. Alle Zimmer sind frei. Ich zeige sie Ihnen.«
»Ich nehme einfach das schönste.«
Die Frau stockt, sagt dann: »Die Zimmer sind alle schön.« Betonung auf »alle«.

»Dann das erste links?«

Die Frau macht eine Schnute, nimmt von einem Wandbrett einen Schlüssel, an dem ein Holzkegel mit einer eingeschnitzten Drei baumelt.

»Wollen Sie Ihr Fahrrad in den Schuppen stellen?« Die Frau hält Vic die Tür auf.

»Nicht nötig. Danke.«

»Und Frühstück? Wann soll ich Ihnen das machen?«

Vic schultert ihren Rucksack. »Weiß nicht.«

»Sie müssen schon was sagen.«

»Sechs Uhr.«

Die Frau atmet hörbar aus.

»Sieben?«

Vic steckt das Ladekabel in die Steckdose, schließt das Telefon an. Über dem Bett hängt ein Teppich, eine Eule auf einem Ast, die Augen aus eingewebten schwarzen Kugeln, die Tapete rosa, mit silberfarbenen Fäden durchzogen. Auf dem Nachttisch tippen zwei Rehe aus Porzellan ihre Schnauzen aneinander, sie stehen auf einem gehäkelten Deckchen. Die Luft ist stickig, selbst als Vic die Vorhänge und Gardinen zur Seite schiebt, die Grünlilien auf den Boden stellt und das Fenster öffnet, bekommt sie schwer Luft. Etwas in ihrem Inneren fühlt sich wie fest verschnürt an und lässt sie nur flach atmen.

Der Fuchs lauert immer noch im Vorraum, erstarrt in seiner Bewegung, die Haare in den aufgestellten Ohren sehen flauschig aus. Vic schließt die Tür, setzt sich aufs Bett und schiebt lauwarme Nudeln mit Specksoße in ihren Mund. Auf dem krisseligen Bildschirm des Fernsehers schlägt eine junge Frau mit großen goldenen Ohrringen und in einem grauen Jogginganzug einen Hammer zaghaft gegen eine Wand, ein Mann in Jeans und weißem T-Shirt, die Haare igelig kurz, ermutigt sie, kräftiger zuzuschlagen. Vic stellt den Teller auf den Boden, sinkt seitlich aufs Bett. Als ein Loch in die Wand bricht und Staub bröselt, sieht die Frau skeptisch zu dem Mann, der sie weiter anfeuert. Vics Finger befühlen den Übergang von glatter zu behaarter Haut an ihrer Flanke, den Widerstand der Haare, wenn sie gegen die Wuchsrichtung streicht, wie einzelne sich unter ihre Nägel schieben und ins Nagelbett piksen, wie sie sich fügen, biegsam, fast schon geschmeidig werden, wenn sie mit dem Strich geht. Die Frau scheint Gefallen am Zerstören ihrer Küchenwand gefunden zu haben, rhythmisch schwingen ihre Ohrringe hin und her. Immer langsamer streicht Vics Hand über ihren Rücken, stoppt. Sie fühlt dem Druck im Inneren nach. Unterhalb des Brustbeins sitzt er, hart und kantig. Schnitt. Ein Mann zieht einen Rollkoffer durch ein Terminal und wirkt überrascht, als ein Fernsehteam ihn anspricht. Vic zieht die Beine an den Körper, der Bauch schiebt sich zu Rollen zusammen und die Knie drücken sich an die Brust.

Ein Mann hält einen Knochen, die Augenbrauen nach oben gezogen. Die Rehe verharren im Geflimmer des Fernsehers immer noch in ihrem Kuss. Sie spürt ein Ziehen in der Leiste, als sie die Beine ausstreckt. Ihr Telefon hat gepiepst, sie geweckt. Sie tastet nach dem Gerät, schiebt die Haare aus

dem Gesicht und starrt auf die hell erleuchtete Anzeige. Karl hat ein Bild geschickt. Sie setzt sich auf, tippt auf die Nachricht, das Zeichen für das Internet blendet auf, verschwindet wieder, ein Rädchen kreiselt und kreiselt. Das einzige angezeigte Netzwerk ist passwortgeschützt.
Die schwere Haustür quietscht und sie macht einen Schritt in die Dunkelheit. Tapst um das Haus, der Boden fein gekörnt und kalt, dann feuchtes Gras, sie tritt in etwas Schleimiges und reibt die Sohle am Gras ab. Eine Fensterlade klappert und lässt sie zusammenschrecken. Äste und Blätter rauschen, vor dem Haus ein Streifen, die Straße. Bang ist ihr, als sie sich barfuß auf den Asphalt stellt, sie sieht nur wenige Meter weit. Der Empfang ist stabil, ihre Finger erhellt vom Display, sie kann das Foto laden: Karls Füße im Sand, die Jeans oberhalb der Knöchel umgeschlagen, eine Bierflasche, die gleiche Marke, die sie auch bei ihrem Ausflug ins Stettiner Haff tranken, ein Päckchen Tabak. Sie zieht das Bild mit den Fingern größer, verschiebt es, sucht nach weiteren Hinweisen, nichts. Alles, was sie sieht, ist das Stillleben von Karls Füßen, losgeschickt kurz nach Mitternacht. Ihre Füße sind taub vor Kälte, die Haare auf dem Rücken aufgestellt.

Sie schiebt das Fahrrad zur Straße vor, getrockneter Dreck bröselt vom Rahmen und von den Reifen. Im oberen Stockwerk des Forsthauses geht ein Licht an. Schnell schwingt sie sich auf das Rad, das Licht der Fahrradlampe wischt hektisch über den Boden, beruhigt sich, findet eine gerade Linie. Sie spürt den kühlen Wind im Gesicht und auf den Armen.

Unzählige Augen sind auf sie gerichtet, mit tiefen, nach unten gezogenen Falten, die Augäpfel in runden, dunklen Öffnungen der Rinde. Die schmalen Stämme schwarz und grau getigert, weiter oben bewegen sich die Äste undeutlich im Wind.

Auf einer Wiese schiebt sich der Bewuchs von Gräsern wie ein Pfeil in die Landschaft. Vereinzelte Bäume wie dunkle Flecken.

Das Blätter hängen wie ein Tarnnetz über ihr, durch das fahles Licht einsickert und den Boden sprenkelt. Schotter, Laub und Äste, die unter den Rädern brechen.

Die Wurzeln greifen in den Boden, bohren sich hinein.

Sie schreckt ein Reh auf, das davonspringt. Der Körper des Tiers hängt mit angezogenen Läufen kurz in der Luft. Es bleibt zwischen den Bäumen stehen, legt ein Ohr flach an, stellt es auf, legt es wieder an, lauscht wahrscheinlich, vielleicht schnuppert es auch, springt weiter. Es muss irgendwo eine Verletzung haben, sie riecht das Blut. Und auch, dass es trächtig ist.

Ein See schimmert zwischen den Bäumen, ein Steg führt auf ihn hinaus. Sie steigt vom Fahrrad und setzt sich auf den Steg. Dichter Waldwuchs spiegelt sich matt im Wasser. In der Mitte des Sees schwimmt ein Wolkenfetzen. Sie lässt ihre Füße ins Wasser hängen, unter der Oberfläche sehen sie aus wie geknickt. Nach einer Weile schaut sie zum Weg zurück, dann zieht sie sich aus und lässt sich ins Wasser gleiten. Kräftige Armzüge, Wasser fließt durch die Haare ihres Fells und tränkt es. Mein Fell, denkt sie und dann: du Freak. Sie dreht sich auf den Rücken und rudert mit Armen und Beinen. Macht eine Rolle rückwärts, Brust, Bauch und Scham sind kurz in der Luft, taucht auf und für eine Rolle vorwärts wieder unter, in tiefe kühlere Schichten. Das Fell stellt sich auf dem gekrümmten Rücken auf.

Ihr ist schwindelig, Wasser ist in ihr Ohr gelaufen und sie hält den Kopf schief. Orientierungslos sucht sie das Ufer nach dem Steg ab und erschrickt. Ein Mann sitzt auf den Planken, hinter ihm steht unter den Bäumen ihr Fahrrad. Vorderrad und Lenker zum See gerichtet, als warte es auf sie. Der Mann hat die Arme auf die aufgestellten Knie gelegt und sieht zu ihr her. Sie tritt mit den Beinen im Wasser. Überlegt, woanders ans Ufer zu schwimmen und durch den Wald zu ihrem Fahrrad zu gehen. Ihre Kleidung liegt noch auf dem Steg. Die braucht sie nicht unbedingt, sie könnte sich aus dem Rucksack etwas Neues nehmen, die Lasche öffnen, wühlen, das würde Zeit kosten. Wenn er näher käme, könnte sie sich mit dem Stein verteidigen, der immerhin oben im Rucksack liegt, einen Wurf hätte sie. Für Karl müsste sie etwas anderes finden. Sie tritt immer noch auf der Stelle, was anstrengend ist. Ein Zeh spreizt sich verkrampft nach unten. Sie greift danach und drückt gegen die Anspannung. Mit dem freien Arm macht sie Schwimmbewegungen, um den Kopf über der Oberfläche halten zu können. Der Mann schaut weiter zu ihr her, seine Haare stehen lockig ab. Der

Krampf löst sich und sie schwimmt langsam zum Steg. Steh auf, hau ab und fass ja nicht mein Fahrrad an. Als sie einige Meter von ihm entfernt ist, sagt er »hallo« und lächelt. Er hat ein breites Gesicht mit einem großen Mund. Sie bewegt Arme und Beine, bleibt auf der Stelle.

»Wie ist das Wasser?«, fragt er.

»Gut.«

»Stört es dich, wenn ich auch reinkomme?«

Ihre Kleidung liegt verknäult hinter ihm, Hose, Oberteil, Unterwäsche, Schuhe. Er dreht sich um und schaut auch hin und wieder zu ihr. Dann zieht er sich aus. Sie schwimmt rückwärts in den See zurück, ohne ihn aus den Augen zu lassen. Zwischen dunkler Schambehaarung baumelt sein Glied. Der Mann springt kopfüber ins Wasser, taucht auf, jauchzt und macht einige Schwimmzüge an ihr vorbei, auf den See hinaus. Sie schwimmt an den Steg und hält sich fest. Der Mann krault mit kräftigem Armschlag, er hat den Kopf unter Wasser und dreht ihn alle paar Züge zur Seite, holt Atem, sein Beinschlag wirbelt das Wasser auf. Sie versucht, sich rückwärts auf die Holzplanken zu hieven, doch sie bekommt ihre Arme nicht so hoch, dass sie ihre Handflächen auflegen kann. Also zieht sie sich vorwärts hoch, so schnell sie kann, legt sich auf den Bauch und dreht sich auf dem Holz um. Aus den Brettern strahlt Wärme ab, der Himmel kreiselt als blaues Nichts über ihr. Als sie sich aufsetzt, rollt ein Wassertropfen in ihre Ohrmuschel. Das Fell klebt nass an ihrem Rücken. Sie zieht hastig das Shirt an, die Unterhose, die Hose und geht barfuß zum Fahrrad. Die Schuhe klemmt sie zwischen Gepäckträger und Rucksack, dreht sich um. Mittlerweile schwimmt der Mann auf dem Rücken, führt die Arme in großen Bögen aus dem Wasser heraus und taucht sie wieder ein. Sie dreht Lenker und Vorderrad in Fahrtrichtung, lässt sie los. Sie verschieben sich wieder, schauen auf den See. Schließlich nimmt sie ihre Zigaretten aus dem Rucksack, legt sich ein Handtuch über die Schultern, setzt sich wieder auf den Steg und raucht. Der Mann schwenkt seinen Arm und kommt zu ihr geschwommen.

»Herrlich«, ruft er.

Sie versucht, einen Rauchring zu bilden, ein Fetzen Qualm zerfleddert vor ihrem Gesicht. Der Mann drückt sich mit den Armen am Steg hoch, seine Muskeln arbeiten unter der Haut. Auch sein Rücken ist muskulös. Das sieht sie, als er sich umdreht, um sich neben sie zu setzen. Er verstrubbelt sich die Haare, das Holz bekommt dunkle Punkte, die Härchen an seinen Oberschenkeln stellen sich auf, weiter oben liegt schlaff der Penis.

»Wie heißt du?«, fragt er.

Sie sagt ihm ihren Namen.

»Ich bin Timo. Wo kommst du her?« Er weist auf das Fahrrad.

»Berlin.«

»Den ganzen Weg?«

Sie nickt.

Er sagt: »Nicht schlecht. Ich auch, aber mit dem Auto. Freunde von mir haben da hinten ein Haus.«

Seine Freunde hätten es erst vor kurzem gekauft. Früher sei es eine Station für Kutscher gewesen, sie hätten ihre Pferde tränken und selbst Pause machen können, zu DDR-Zeiten dann ein Gasthof. Den Stall für die Pferde gebe es immer noch.

»Riesige Räume mit Tränken aus Stein. Ich würde da gerne ein Tonstudio reinmachen.«

Sie sieht ihn an und Timo sagt, er sei Schlagzeuger. Als sie ihn fragt, was er für Musik mache, meint er, es ginge in Richtung Jazz, ziemlich experimentell.

»Und du?«

Sie überlegt. »Ich bin mit dem Fahrrad unterwegs und muss was erledigen.«

»Ich liebe es, unterwegs zu sein. Wenn wir reisen mit dem Trio, bin ich einfach nur glücklich.«

Beide schauen sie auf den See, sie paddelt mit den Füßen im Wasser.

»Komm doch mit«, sagt Timo, »wir machen heute Abend ein Essen und ein Feuer, wie ein Osterfeuer, nur dass eben nicht Ostern ist.«

»Ich muss weiter.«

Er legt den Kopf schief, sieht sie an. Seine Augen liegen tief unter buschigen Brauen. Neugierig sind sie und wach.

»Gut«, sagt sie.

An einem Anstieg möchte Timo ihr helfen, indem er das Fahrrad am Gepäckträger fasst, doch sie hält ihm den Lenker hin und greift selbst nach dem Gepäckträger. Das Vorderrad bleibt an einer Wurzel hängen und das Rad kippt zu Seite, sie ziehen es beide wieder hoch. Zwei Männer kommen ihnen entgegen, sie tragen beide Sandalen, kurze

Hosen und Unterhemden, der eine hat ein Handtuch über die Schulter gelegt. Sie reichen einander die Hand, als ein besonders steiles Stück kommt. Hand in Hand schauen sie Vic und Timo an.
»I-A«, macht der eine der beiden, als sie das Fahrrad an ihnen vorbeischieben.
Vic spreizt ihre Hand vor dem Gesicht des Mannes, krümmt die Finger und faucht ihn an. Hinter der gekrallten Hand zuckt sein Kopf zurück und er blinzelt mit den Augen. Sein Partner kaut an der Unterlippe und sieht ihn an, mit einer Mischung aus Spannung und Unsicherheit. Der Mann nickt, seine Lippen schieben sich etwas vor, und geht weiter, der andere folgt ihm mit tippelnden Schritten. Timo schaut Vic an, seine Augenbrauen sind zusammengezogen. Sie zuckt mit den Schultern.
Irgendwann sind hinter den Bäumen keine weiteren Bäume mehr, es wird heller. Über eine Wiese hinweg sehen sie das Dorf. Eine Straße führt hinein und wieder hinaus. Die wenigen Häuser reihen sich an ihr auf, die Gärten wie hinter die Häuser geworfene Schatten. An einer Stelle bricht die Kette, dort ist ein Teich. Timo zeigt ihr das Haus, daneben der Stall. Im Garten schichten zwei Männer Äste und Reisig in eine Schubkarre. Ein Mann spielt mit einem Mädchen Frisbee, die Scheibe wackelt in der Luft und der Mann springt hoch, kann sie aber nicht greifen, sie segelt über ihn hinweg. Mehrere Frauen sitzen an einem Tisch, darauf Tassen, ein Aschenbecher, Brötchen. Die Frauen tragen Kleider, eine einen Rock und ein Bikinioberteil. Vic legt ihre nassen Haare auf den Rücken und zupft an ihrem Shirt.

»Das ist Vic. Sie kommt aus Berlin, mit dem Rad. Ich habe sie am See getroffen.«
»Wow! Hallo. Ich bin Sandra.«
»Hallo.«
»Magda.«
»Lena.«
»Amelie.«
»Merle.«
»Das ist sicherlich sehr meditativ, so eine Reise.«
»Hm.«
»Das täte mir auch mal gut.«
»Also ich bräuchte einen Anhänger für meine Klamotten und die Kosmetik. Ist das alles, was du dabeihast?«
»Ja.«
»Magst du dich frisch machen?«
»Gerne.«
»Komm, ich zeig dir, wo das Badezimmer ist.«

Sie reibt den Dreck zwischen den Zehen raus, das Wasser fließt bräunlich verfärbt zum Abfluss, Grashalme bleiben im Sieb hängen. Durch das gekippte Fenster: die Stimmen der Frauen. Das Kleid, das sie aus dem Rucksack holt, ist verknittert und riecht stockig. Karl sieht es gerne an ihr und zieht manchmal an den Bändeln über der Brust, um in ihren Ausschnitt sehen zu können oder einfach, um sie zu necken. Und sie schlägt ihm auf die Finger und küsst sie danach, die knubbeligen Kuppen, die immer nach etwas riechen, nach Zigaretten oder Pfeffer, und spröde sind rund um die Nägel. Eine Frau, ihre Stimme ist tönern, erzählt von einem

Dozenten, der, um Zeit zu sparen, die Tafel erst von links nach rechts und dann von rechts nach links rückwärts beschreibt. Die Frau lacht, die Laute hallen wie aus einer Schlucht hervor. Das Kleid rutscht nicht mehr wie früher über Vics Rücken, sie muss es mit den Händen runterziehen. Es ist am Rücken ausgeschnitten, der Saum drückt die Haare gegen den Wuchs, so dass sie sich wie Garben zusammenstellen und vom Ausschnitt abstehen. Eine andere Frau, ihre Stimme entfernter, beschreibt Lampen, wie sie ihre Schirme gestalten und konstruieren möchte. Vic kann sich nicht vorstellen, wie sie aussehen. Sie legt sich einen Schal über die Schultern und dreht sich vor dem Spiegel hin und her, kreist die Arme. Der Schal verrutscht und die Haare sind wieder zu sehen.

»Kannst du mir gerade mal helfen?«, fragt ein Mann direkt vor dem Fenster, ein Gegenstand schabt über den Boden.

Nein, formen ihre Lippen lautlos.

»Ja«, sagt jemand draußen.

Sie drückt die Oberarme an den Körper und betrachtet im Spiegel, wie sie wulstig rund werden. Danach streichelt sie ihr Fell, so weit sie mit über die Schulter gelegtem Arm heranreicht, drückt die Haare gegen die Wuchsrichtung, kitzelnder Widerstand, dann gleiten sie entlang ihrer Finger wieder in ihre Form zurück. Sie möchte zum Fahrrad gehen, den Rucksack aufspannen und einfach weiterfahren. Es steht auf der Terrasse. Sie zieht eine Jeans an, ein anderes Oberteil und legt den Schal um.

»Könnte ich mich irgendwo ausruhen?«, fragt sie Timo.

Draußen im Garten reicht einer der Männer, der sich als Torsten vorstellt und mit seiner Tochter Leonie da ist, ihr ein Bier. Sie trinkt und schaut über die Wiese auf den Waldrand. Ein Weg verläuft an ihm entlang und sie kann sich nicht erinnern, ihn mit Timo überquert zu haben. Wiese, Wald, See. Sie sieht sich trocken aus dem Wasser schießen und mit dem Hintern auf dem Steg landen, rückwärts in ein Krankenhaus rennen und so weiter. Bis zu dem Moment, als sie sich freut und Karl ja sagt, »supergerne, das machen wir«, und sie ihm die Frage stellt, ob sie nicht zusammen wegfahren möchten.

Ein Blatt weht über den Steinboden, legt sich an die Schwelle zur Küche. Dort steht Timo seitlich an einer Arbeitsfläche und schneidet Zwiebeln. Er hat sich einen Pullover an- und die Kapuze über den Kopf gezogen, sein Körper ganz aufrecht, von seinem Gesicht kann sie nur die Nase sehen. Hin und wieder fährt er mit dem Handrücken über seine Augen. Eine Frau in einem Liegestuhl neben ihr, Amelie, spricht sie an, fragt nach ihrer Arbeit. Es kostet sie innerlich Mühe, sich auf ein Gespräch einzulassen und verständliche Zusammenhänge herzustellen. Am liebsten schwiege sie. Doch Amelies Blick ruht neugierig auf ihr, und so fragt sie zurück, und Amelie berichtet von einer Grafikagentur. Vic nickt und ist erleichtert, als Amelie in die Küche geht und sich neben Timo stellt.

Der Stall ist kühl und staubig. Ein Tier hat in eine Ecke gepinkelt, vielleicht ein Waschbär. Sie ist sich nicht sicher. Längs durch den Raum verläuft eine breite Rinne. Ein Billardtisch steht in der Mitte, das eine Bein hängt ohne Kontakt zum Boden über der Rinne. In den Tränken an der Wand sammelt sich Laub, es ist mehlig. Zur einen Seite ist ein fensterloser Durchbruch. Geschützt im Schatten des Raumes beobachtet sie die Frauen und Männer im Garten. Ungezwungen gehen sie miteinander um, mit sich und den anderen vertraut. Lena, die Frau im Bikinioberteil, geht vor dem Durchbruch vorbei, Vic macht einen Schritt zurück. Lena wird gerufen und dreht sich um, stemmt die Arme in die Hüften, ihr Schweiß riecht angenehm süßlich. Sie soll eine Decke aus dem Auto mitbringen. Ihre Haare wellen sich bis zu den Ohren, am Nacken hat sie einen Wirbel. Dadurch, dass sie den Kopf wendet, bilden sich drei Falten an ihrem Hals. Ihre Schultern sind schmal, die Schulterblätter drücken sich hervor, darunter runde Schatten. Die Haut zart, ein feiner Flaum glänzt in der Sonne, nur an den Ellbogen hat sie hell aufgeraute Stellen.

Es gibt Linsensalat, Kartoffelgratin, in Folie gewickelten Heilbutt und gedünsteten Fenchel, eine große Schüssel grünen Salat, gesalzene Paprikaschoten, Pasta mit Salsiccia, Baguette mit Kräuterbutter. Weinflaschen werden entkorkt, Biere gereicht. Amelie legt den Kopf in den Nacken und ihre Haare gleiten auf ihre Schultern. Als Sandra sich zu einer Weinflasche beugt, beißt Rico sie in die Schulter, sie zuckt zurück und drückt ihm ihre Hand ins Gesicht. Timo spricht von einem Auftritt in Beirut.

»In ein Flugzeug zu steigen ist nicht mehr aufregend«, sagt er.

Lena, die neben ihm sitzt, sieht ihn an, als wollte sie in seinem Gesicht versinken.

»Doch zu erkennen, dass meine Musik mein Zuhause ist, das ich teilen kann, über alle Unterschiede hinweg. Das ist aufregend. Und wenn du dann nach dem Konzert in deinem Hotelzimmer diese anderen Geräusche hörst, das Hupen und Tröten, das Geknatter der Mopeds und dieser Stimmenteppich von den Männern auf der Straße, fühlst du dich … eins.«

»Ist das nicht Kulturkolonialismus?«, fragt Magda, die Timo schräg gegenüber sitzt. »Steckt da nicht Überheblichkeit drin, wenn wir privilegierten Künstler mit unseren Austauschprogrammen in die Welt fahren und glauben, wir können uns verbinden, weil wir anderen Menschen zeigen, wie wir die Welt sehen?«

»Ist nicht das einzige Ziel, so oder so, eins zu sein? Weil nur etwas entstehen kann, wenn man im Reinen mit sich selbst ist?«, fragt Amelie und ergänzt, als Magda den Mund öffnet: »Auch beim anderen?«

»Das ist mir zu esoterisch, nur auf den eigenen Seelenhaushalt zu achten«, schaltet sich Torsten ein. Seine Tochter sitzt neben ihm, sie tippt mit vorgeschobener Unterlippe auf einem Tablet.

»Warum wird das gleich als esoterisch abgestempelt? Habe ich Räucherstäbchen angemacht?«

»Hey hey hey.«

»Mir ging es um etwas anderes. Waren da etwa Menschen außerhalb des politischen und kulturellen Establishments?« Magda versucht, den Faden zu Timo wieder aufzunehmen.

»Ich weiß, was du meinst. Soll ich deshalb mit afrikanischen Straßenkindern auf Blechschalen klopfen?« Timo wendet sich an Magda.
Die antwortet: »Das ist doch das Gleiche, nur unter umgekehrten Vorzeichen.«
»Da sollte man sich eher Renzo Martens' Afrikaprojekte ansehen. Streitbar, aber radikal«, sagt Merle.
»Ich bin nun aber Schlagzeuger und ganz bestimmt nicht so ein Zyniker wie dieser Martens.«
»Ich kümmere mich jetzt mal um das Feuer«, sagt Rico und steht auf. »Amelie, magst du mir eines deiner Räucherstäbchen zum Anzünden reichen?«
»Ha ha.«

Die Flammen lecken an einem Ast, zaghaft zunächst, wachsen, züngeln beständig weiter, lodern, bis sie den Ast umschließen und sich von ihm nähren. Im bläulichen Feuerkreis wellt sich die Borke spröde nach außen, glüht. Mit der Zeit sieht der Ast wie eine giftige Schlange aus, die sich häutet, porös wird. Plötzlich bricht er, ein Teil fällt auf das Kohlebett, zerbröselt, Staub auf dunklem Aschegrund.
Timo drückt die Decke auf ihre Schulter und sie windet sich aus seiner Berührung, greift nach der Decke. Er zieht seine Hand zurück und legt den Arm auf die Knie, mit ihrem Oberarm berührt sie seinen. Vom Feuer sind ihre Gesichtshaut und ihre Haare trocken und heiß. Neben ihr spricht Torsten mit Merle. Der Schatten seiner Nase zuckt im Licht des Feuers über sein Gesicht. Merles Gesicht ist abgewandt, nur ihr Ohrläppchen leuchtet honigfarben. Timo rückt nä-

her an Vic heran, sie spürt seine Hüfte, Schulter, Körperwärme. Mit der Hand stützt sie sich im Gras ab, das feucht ist, Luft zieht kühl in den Ärmel ihres Pullovers.

Später liegen sie mit dem Rücken auf der Matratze, haben die Decke um sich geschlungen und die Ränder unter ihre Körper gestopft wegen der Kälte. Die Glut wärmt ihre Köpfe.

»Siehst du die sechs Sterne, die wie eine Schale aussehen? Der eine beult etwas aus, der vierte von rechts. Und die zwei fetten oberhalb davon, als lägen sie in der Schale?« Timo hat den Arm nach oben gestreckt, der Finger kreist in der Luft.

»Da, oder?«

Sie hält auch den Finger nach oben, nah an seinen.

»Die hören sich so an.«

Timo zieht die Arme unter die Decke, schafft sich Platz darunter und trommelt mit seinen Händen auf ihren aufgestellten Oberschenkel. Die eine Hand schnell und leicht, die andere schlägt zwei Mal kräftig zu. Er spielt damit, immer wieder löst er die zwei helleren Sterne aus dem Firmament und drückt sie in ihr Bein, während die Finger der anderen Hand die kleinen Sterne tippeln und streicheln lassen.

»Merkst du, wie der eine der sechs ausbricht?«

Er verschleift den Rhythmus, die Finger berühren sie verzögert, mehr am Innenschenkel.

»Kannst du nicht den Himmel für mich trommeln? Sagen wir von dort an.« Sie zeigt schräg an ihm vorbei. »Da, wo die drei hellen sich so aneinanderdrücken, über uns hinweg bis …« Sie sucht. »Bis zu dem Trapez da.«

Timo knetet die Finger durch. »Ich versuch's.«
Er trommelt. Die Decke beult sich aus und sinkt wieder in sich zusammen, wird erneut angehoben von Timos Händen und Armen. Sie kann keine Struktur ausmachen, jeder Schlag, jede Berührung überraschend und anders. In Passagen mit sanftem Fingerspiel klopft der Daumen dazwischen. Einmal bleibt seine Hand schwer, die Finger gespreizt liegen, dann wieder springt der Handballen über ihr Bein. Timo atmet hörbar aus, der Luftzug streicht ihr Ohr. Ein Finger fährt schnell über den Stoff, ein hohes, surrendes Geräusch.
»War das eine Sternschnuppe?«, fragt sie leise.
Die Haut an ihrem Oberschenkel erhitzt sich, im Becken vibrieren Timos Schläge nach. Er richtet sich auf, fällt zurück, sein Ellbogen berührt ihren Bauch.

Sie drückt den Kopf in den Nacken, die Muskeln am Hals dehnen sich. Kopfüber schaut sie auf die Asche, ein Zweig biegt sich daraus hervor, die Enden schwarz verkohlt. Wassertropfen hängen in den Halmen der Gräser, die Wiese dampft. In der Ferne der dunkle Wald, aus dem der Tag rosa in den bläulichen Himmel fällt. Sie dreht sich zu Timo, der auf dem Rücken schläft. Unterhalb seiner Wangenknochen sinkt die Haut ein, der Kiefer kräftig. Timo schmatzt und das Gelenk bewegt sich unter Haut und Muskeln. Beruhigt sich wieder. Ohne ihn zu berühren, folgt ihr Finger der Falte vom Mundwinkel zum Nasenflügel. Timo atmet gleichmäßig, sie spürt den feinen Hauch. Am Ende des Nasenrückens wachsen die Brauen wirbelig hervor, nur ein schmaler Streifen unbehaart, sie schwingen sich in langen Bögen über die Augen. Seine Wimpern sind lang und zu Dreiecken verklebt. Aus den Augenwinkeln schiebt sich eine Falte hervor. Die Locken. Sie dreht ihren Finger in eine, hebt sie sachte an. Auf seiner Stirn vertieft eine Narbe die Haut, ist zarter an dieser Stelle und durch den ovalen wulstigen Rand auseinandergezogen. Rosafarbene Punkte zu beiden Seiten erinnern an die Fäden. Dann entdeckt sie zwischen den Haaren die Hörner. Erst das eine auf der einen, dann das andere auf der anderen Kopfhälfte. Wie Zapfen ragen sie kurz hinter dem Haaransatz aus der Haut. Sie hält den Atem an. Die Locken legen sich auf und um sie herum. Mit zittrigen Fingern schiebt sie Timos Haare an einem Horn zur Seite. Es ist geriffelt und hat eine stumpfe Kuppe, nicht breiter als ein Daumennagel. Der Auswuchs zieht die Haut etwas mit, in einer feinen Linie endet der Falz, dann das graue Gebilde. Rau und hart sieht es aus. Als sie sich traut, über die Rillen zu streifen, zaghaft, wird ihr klar, dass es in Schüben gewachsen sein muss. Timo dreht den Kopf zu ihr, gräbt ihn in ihre Achsel und schlingt seinen Arm um ihren Körper. Der spannt sich an. Seine Hand berührt ihren Rücken. In der Achsel drückt ein Horn, vielleicht bildet sie sich das auch nur ein. Timos Finger zucken zusammen, als wollten sie etwas greifen, und entspannen sich wieder. Ganz allmählich verlangsamt sich ihr Herzschlag. Sie berührt Timos Hinterkopf, lässt ihre Finger durch seine Haare gleiten bis zum Nacken und beginnt von vorne. Sein Brustkorb hebt und senkt sich, sein Atem warm und feucht an ihrer Brust. Sie atmet im gleichen langgezogenen Rhythmus, rückt dadurch jedes Mal an ihn heran und löst sich wieder etwas. Das Fahrrad steht auf der Terrasse, auf dem Tisch noch einzelne Gläser und Flaschen, ein Aschenbecher voller Kippen, die Vorhänge im Haus sind zugezogen. Ein Traktor tuckert auf der Straße vorbei, Metall klappert. Danach Stille. Einige Zeit liegt sie so, mit dem schlafenden Timo im Arm, ein Marder raschelt im Stall. Dann löst sie vorsichtig Timos Arm von ihrem Rücken und rollt sich zur Seite. Sein Kopf sinkt auf die Matratze und er dreht sich auf den Bauch, zieht die Kapuze über den Kopf. Ihr Knie knackt, als sie aufsteht. Die ersten Schritte geht sie ungelenk wie eine Marionette, so steif sind ihre Beine. Im Bad zieht sie das Telefon mit dem Ladekabel aus der Steckdose und wäscht sich das Gesicht. Ihre Haare riechen wie ein versumpfter Teich. Amelie steht in der Küche am Wasserkocher, der rauscht, und reibt sich verschlafen die Augen. Sie grüßt Vic, indem sie die Hand hebt.

»Hey«, sagt die und geht auf die Terrasse.

Der Rucksack kommt aufs Fahrrad, es wackelt und sie lehnt es an die Wand. Timo hat sich auf die Seite gedreht, unter der Decke zeichnen sich seine Umrisse ab, Schultern und Becken als gleich hohe Hügel, die Beine eine absinkende Flanke. Mit dem Telefon fotografiert sie ihn, schiebt das Gerät zurück in die Außentasche des Rucksacks, nimmt es wieder zur Hand und schreibt: *Heute.* Schickt die Nachricht an Karl.

»Fährst du schon?« Amelie steht im Türrahmen mit einer Tasse, aus der es dampft und die sie sich vors Gesicht hält. Ihren nackten Fuß hat sie an die Wade gedrückt. Vic nickt.

»Wohin?«
»An die Ostsee.«
»Urlaub?«
Vic zögert. »Eigentlich möchte ich jemandem einen Stein an den Kopf werfen. Oder ins Fenster.«
Amelie lacht und wirft dabei den Kopf in den Nacken, das Getränk schwappt über die Tasse und sie hält sie fluchend von sich, nimmt sie in die andere Hand und den Daumen in den Mund. Dann sieht sie Vic an, legt den Kopf schief. Der Daumen löst sich aus ihrem Mund.
»Im Ernst?«
Vic schweigt.
»Krass«, sagt sie und: »Viel Erfolg.«
»Danke.«

Als sie sich setzt, verursacht ihr Gewicht eine Woge in der Luftmatratze und Timo öffnet die Augen. Seine Pupillen verengen sich, er blinzelt.
»Bleibst du noch?«, fragt er und legt den Arm auf die Stirn.
Sie schüttelt den Kopf.
»Küsst du mich noch?«
Sie lächelt. »Danke für die Sternenkomposition.«
Ihre Hand legt sie an seine Wange, er schmiegt sie in die Handfläche.
»Mit Vic im Himmelszelt«, sagt er, seine Wange bewegt sich in ihrer Hand.
»Hm?«, fragt sie.
»So heißt das Stück.«
»Kitschig.« Sie zögert, dann sagt sie: »Mach's gut, Pan.«

Ruckartig greifen seine Finger in seine Haare, die Wange löst sich aus ihrer Hand. Vic spürt die Spannung in seinem Körper. Bedächtig lässt sie ihre Hand über ihren Hals, den Nacken auf den Rücken gleiten. Unter dem Oberteil berührt sie ihr Fell.

Timos Wange sinkt in ihre Handmulde zurück und er lächelt. »Du auch.«

5 Der Himmel zieht grau gefleckt über Vic hinweg, unaufhörlich schieben neue Wolken nach. Irgendwann spürt sie die Bewegung im Magen. In einer Kuhle schlingert das Vorderrad erst im Sand, dann schlägt der Lenker nach links, das Fahrrad rutscht unter ihr zur Seite. Sie stellt einen Fuß auf den Boden, der andere wird mitgezogen und sie fällt auf Gestrüpp. Das Schutzblech hat ihre Wade aufgeratscht und einen fleischfarbenen Streifen zwischen weiß geschürfter Haut hinterlassen. Sie beugt sich zum Bein und leckt die Wunde, schafft mit der Zunge die Sandkörner und den Dreck heraus.

In der Ferne öffnet sich ein Schlauch aus feinen Regenstreifen zur Erde. Angespannte Stille, dann knistert es um sie herum, ein Regentropfen landet auf ihrem Handrücken und rinnt zwischen Zeige- und Mittelfinger. Einer, zwei, drei perlen auf ihrer Hose ab, dann dringt der erste durch den Stoff, ein kühler Punkt auf ihrem Oberschenkel. Der Sand wird getupft. Ihr Gesicht, die Arme, der Kopf. Sie spürt, wie der Regen die Haare an die Kopfhaut drückt und über ihr Gesicht läuft, in ihr Oberteil. Das Fell stellt sich auf, hält die Tropfen mit den Borsten von der Haut fern, bis es sich nass auf sie legt, an ihrem Körper festpappt. Sie reckt den Kopf, öffnet ihren Mund und der Regen sprüht in ihre Mundhöhle, das Wasser sammelt sich. Sie gurgelt und spuckt es nach oben aus, es rinnt über ihr ohnehin schon nasses Gesicht. Sie formt den Mund zu einem O, ein zitternder Ton entweicht, wird vom Regen verschluckt und fortgespült. Sie holt abermals Luft, schiebt den Unterkiefer vor, jault lange und anhaltend, bis ihr Körper im Reflex nach Luft schnappt. Als sie schluckt, Speichel und kalten Regen, spürt sie, dass ihr Rachen aufgeraut ist. Sie fröstelt und schlingt die Arme um den Rumpf. Mit den Fingern betastet sie das Fell unter dem Stoff, streift das Wasser aus ihm heraus. Aus der Wunde läuft Blut über ihr Bein. Vom Regen ist das Material des Rucksacks dunkler geworden, ein Riemen hängt nach unten und trieft. Mit klammen Fingern öffnet sie eine Seitentasche und greift nach ihrem Telefon. Darunter fühlt sie etwas Pampiges und zieht die Tüte mit dem Mandelhörnchen hervor. Das Papier klebt im matschigen Teig, den sie zwischen den Fingern knetet und dann auf den Boden wirft. Sie reibt ihr Telefon an der Kleidung und drückt darauf herum. Es reagiert nicht. Sie steht auf, streicht sich durch die Haare, die Finger bleiben hängen und sie betastet das verknotete Haarbündel. Sie geht ein paar Schritte, die Füße rutschen in den nassen Schuhen. Sie versucht es erneut. Die Anzeige bleibt schwarz. Sie schleudert das Gerät von sich. Es holpert über den unebenen Boden. Sie hebt es wieder auf, versucht abermals, es anzumachen. Dann fliegt das Telefon in hohem Bogen in die Landschaft.

In einem Tal drücken sich die Häuser einer Ortschaft zusammen, als wären sie in die Senke gekullert und aneinandergestoßen. Nur ein paar halten sich an der abschüssigen

Straße. Sie lässt den Ort hinter sich und radelt einen Anstieg hinauf, auf der Anhöhe trocknet der Gegenwind ihre Kleidung. In der Ferne sieht sie eine Autobahn, wie ein Schnitt verletzt sie die Landschaft, zwischen den Leitplanken die graue Wunde. Irgendwann kann sie durch den Wind hindurch die Autos brummen hören. Sie überquert die Autobahn auf einer Brücke und spürt den Aufwind der Fahrzeuge, das Geländer zittert. Sie kommt durch ein Gewerbegebiet mit Bürohäusern, einem Autohaus und einem Fuhrpark mit Baggern. An einer Tankstelle pumpt sie die Reifen auf. An den Dreckrändern der getrockneten Rinnsale kann sie erkennen, wie das Wasser am Rahmen entlanglief. Aus der Kette zupft sie einige Grashalme. Der Mann hinter der Kasse beobachtet sie durch das Fenster. Sie geht auf das Gebäude zu. In den Scheiben der Eingangstür ihr Schemen, dahinter die Ablage mit Getränken, von Neonlicht beleuchtet. Ihre Haare stehen wirr vom Kopf ab. Die Tür schiebt sich langsam auseinander und sie schaut sich in die Augen, bis der Spiegel verschwindet und ihr Blick auf Limonade-, Wasser- und Bierflaschen fällt. Der Tankwart starrt sie an und reicht ihr wortlos den Schlüssel für die Toiletten.

Sie sieht auf den kotverkrusteten Rand der Kloschüssel, während sie ihre Haare bürstet. Zwischen dem Draht bleiben ineinander verschlungene Haare hängen. Danach betrachtet sie ihr Fell im stumpfen Spiegel. Es ist nicht länger geworden, so scheint ihr. Der Wuchs ist ebenmäßig und sieht golden aus im Licht, das durch ein Fenster oberhalb der Tür kommt. Sie streicht über die Haare, sie sind weich.

Gleise fädeln sich neben ihr ein und sie kommt an einem Bahnsteig vorbei, auf dem ein Kind mit einem roten Schwimmring um die Hüften steht. Es schaut konzentriert die Gleise entlang. Der Vater drückt an einem Mülleimer seine Kippe aus. Vic hält an und kramt nach ihren Zigaretten. Zwischen ihren Schuhen und dem Asphalt scharrt Sand. Sie raucht und fährt und kommt in einen Ort. Menschen drängen sich in den engen Gassen, zwischen Fachwerkhäusern und Eisverkäufern. Ein Mann reibt über Gläser, die unterschiedlich gefüllt vor ihm auf einem Klapptisch stehen. Das Schwingen schmerzt in ihren Ohren. Dann eine Sackgasse, die ansteigt. Zwischen den Häusern schiebt sich eine Fähre vorbei, wuchtig wie ein Hochhaus. Sie kommt ans Ende der Straße und sieht das Meer. Die Fähre fährt zwischen Molen in den Hafen ein, an der Kopfbewegung einiger Menschen am Strand erkennt sie, dass sie dem Schiff nachschauen.

Sie lässt das Fahrrad auf der Promenade stehen, zieht ihre Schuhe aus und nimmt sie in die Hand. Ihre Füße reiben sich in den warmen Sand, während sie an Strandkörben, Sonnenschirmen und Windschutzen vorbeigeht. Kinder schreien, Möwen auch. Das Meer spült seine Wellen in den Sand. Schaumig rollen sie heran und fließen zurück, hinterlassen eine nasse dunkle Fläche, bis eine neue Welle die Bewegung wiederholt. Hinter der Gischt glänzt es in unterschiedlichen Farben, erst ein aufgewühlter schlammig grüner Streifen, dann gelb mit schmalen Wogen, weiter draußen hellblau mit roten Bojen, bis zum Horizont dunkel und eben. Sie stellt ihre Füße ins Wasser, das sie umspült und den Sand darunter abträgt, so dass sie tiefer einsinkt. Ihr Schatten vor ihr auf dem Wasser. Sie hebt den Arm, eine Welle rollt über ihren Handschatten und bricht ihn auseinander.

»Was hat die Frau da?«, ruft ein Junge und Vic fasst sich hastig in den Nacken. Das Oberteil verdeckt das Fell, keine Haare schauen raus. Sie dreht sich um, kann das Kind aber nicht ausmachen und sieht auch niemanden, der auf sie zeigt. Dann blickt sie den Strand entlang. Die Brandung hat kleine Steine, Muscheln und Algen in einer ausgefransten Linie auf den Sand geschoben.

Hinter den Bäumen rechts von ihr fällt die Küste einige Meter steinig zum Strand ab. Wie hingewürfelt steht eine Gruppe Strandkörbe beieinander, die weißen Verschalungen glänzen in der Sonne. Holzpfähle reihen sich in geraden Linien ins Wasser auf. Eine Frau balanciert auf einer der Buhnen, rudert mit den Armen, um das Gleichgewicht zu halten. Aus einem seitlichen Trampelpfad durch den Wald springt einige Meter vor Vic ein Kind auf den Weg. Es ist Lotta. Sie trägt einen Badeanzug und hält ein Eis in der Hand. Vic zieht erschrocken die Bremse, das Vorderrad blockiert, sie steigt ab und starrt auf das Mädchen. Lotta hüpft ein paar Schritte, die nassen Strähnen ihrer Haare schaukeln. Sie bleibt stehen und schleckt die über ihren Daumen laufende Flüssigkeit ab. Hinter ihr tritt Annika auf den Waldweg. Sie hält einen Geldbeutel in der Hand, der Saum ihres Kleides wippt um ihre Knie. Beide sind sie barfuß, Lotta patscht in eine Pfütze, Annika umgeht sie auf Zehenspitzen.

»Lottchen, hier geht's runter«, sagt Annika.

Lotta dreht sich zu ihrer Mutter und Vic sieht den Bauch des Mädchens unter dem Badeanzug. Über eine Holztreppe gehen Mutter und Tochter an den Strand. Vic lehnt das Fahrrad an einen Baum und stellt sich an den Abhang, in den Schatten eines Baumes. Annika und Lotta setzen sich auf eine große Decke. Auf der liegt allerlei Zeug, ein Buch, eine Zeitschrift, eine Wasserflasche, Schwimmflügel, eine Tasche. Annika drückt dem Kind eine Mütze auf den Kopf, es verzieht den Mund, lässt es aber geschehen. Vic holt ihre Zigaretten, setzt sich auf einen quer liegenden Baumstamm und raucht. Als Lotta ins Wasser geht, stellt sich Annika ans Ufer und schaut dem Kind zu, das mit seinen Armen im seichten Wasser paddelt, den Kopf hochreckt und immer wieder zur Mutter sieht. Die nickt und winkt. Vic macht sich eine neue Zigarette mit der Glut der alten an. Die Rinde des Baums hat eckige Vertiefungen in ihrer Handfläche hinterlassen.

Während Annika in einer Zeitschrift liest, schaufelt Lotta eine Kuhle in den Sand. Immer wieder fällt ihr eine Strähne ins Gesicht, die sie wegzupusten versucht. Sie testet mit dem Fuß die Kuhle, dann legt sie sich krumm hinein, mit angezogenen Beinen und Armen, und ruft nach ihrer Mutter. Annika lacht, Vic schmunzelt. Später zieht Annika der Kleinen den Badeanzug aus, rubbelt sie mit einem Handtuch ab, zieht ihr ein Trägerkleid über und packt die Sachen in eine Tasche.

Vic versteckt sich hinter dem Baumstamm, geht in die Hocke und drückt den Kopf auf die Knie, das Fell knistert auseinander. Annika und Lotta steigen die Holztreppe hoch, gehen den Weg entlang, an Vics Fahrrad vorbei. Annika schaut auf den Rucksack, Vic duckt sich noch etwas mehr, dann nimmt Annika Lotta an die Hand und zieht sie mit sich. Vic greift nach dem Fahrrad, folgt ihnen in einigem Abstand den Höhenweg entlang und in eine Kleingartensiedlung hinein, an einer Abzweigung bleibt sie stehen und sieht ihnen geschützt von einer Hecke nach. Annika setzt ihre Füße vorsichtig ins Gras, als liefe sie auf unsicherem Gelände. Sie hat eine schmale Taille und ihre langen Haare rutschen auf ihrem Rücken umher, sie zieht eine Strähne hervor, die zwischen Tasche und Schulter klemmt. Lotta löst sich von der Hand der Mutter, rennt ein paar Schritte und wackelt dabei mit den Armen, dann schaut sie in einen der Gärten. Am Ende der Siedlung beginnt eine Straße, Häuser stehen da, Karls Auto parkt auf dem Gehsteig. Lotta öffnet ein Gartentor.

Als Vic auf das Fahrrad steigen möchte, zittern ihre Beine. Sie befürchtet kurz, zur Seite zu knicken, hält sich am Lenker fest, klappt den Fahrradständer wieder runter und hockt sich auf eine Steinborte. Eine große Mohnblüte hängt über ihrem Kopf, der Stempel wie ein schwarz behaarter Seestern. Ein nervöses Gefühl in ihrem Brustkorb, das bis in den Bauch zappelt. Nach einiger Zeit unternimmt sie einen neuen Versuch, steigt auf das Rad und fährt auf dem Höhenweg entlang, unschlüssig. Zwischen den Bäumen hindurch sieht sie ein Haus, »Am Waldessaum« steht auf einem großen Schild, A und W mit schweifenden Kringeln. Seitlich ein metallenes Abzugsrohr, das Küchendünste nach draußen leitet. An der Theke kauft sie sich ein Eis, vielleicht das gleiche, das auch Lotta hatte. Sie beißt ganze Stücke ab und spürt, wie sie Speiseröhre und Magen kühlen. Dabei stellt sie sich Lotta vor, wie sie mit dem Finger über die angezeigten Produkte fährt und sich nicht entscheiden kann.

Zögerlich schiebt sie das Fahrrad durch die Gartenkolonie, über kurz geschorenen Rasen, in der Mitte ausgetreten. Sie schaut voraus zum Tor der Anlage, dahinter die Straße mit Karls Auto. Wenn er oder Annika oder Lotta auf die Straße träten, könnten sie sie sehen. Vic geht weiter, bis sie das Grundstück des Ferienhauses einsehen kann. Es grenzt direkt an die Gartenanlage. Auf einer Wäscheleine, ordentlich mit Klammern befestigt, hängen zwei Handtücher und der Badeanzug von Lotta, rosafarben und am Bauch leicht ausgebeult, unter einem Baum ein Liegestuhl, auf der Terrasse aus einfachen Steinplatten ein Tisch, Stühle.
Direkt daneben die letzte Parzelle der Gartenkolonie. Das Gatter ist verrostet, schief hängt es nur noch in der oberen Angel. Im Schatten einer Kastanie steht eine Laube. Vic hebt die metallene Tür an, schiebt sie übers Gras, Halme werden zur Seite gedrückt. Steinplatten wippen unter ihren Füßen, eine ist zerbrochen, in der Bruchstelle wimmeln Tierchen. Sie lehnt das Fahrrad an die Laube, atmet durch. Seitlich an der Laube entlang kann sie durch lichtes Gestrüpp und einen Zaun hindurch das Haus sehen, eine Seitenwand mit einem Fenster und die Front mit Tür und Terrasse. Vic

rutscht an der Laube nach unten und setzt sich auf den Boden, das Fell polstert den Rücken angenehm. Sie sieht auf die Wunde an ihrem Bein, eine Kruste hat sich gebildet, sie zieht ein schorfiges Plättchen ab. Ihre Hände sind von der Sonne gebräunt und rau, die Fingernägel kurz, einer bis zum Nagelbett eingerissen. Sie stützt die Ellbogen auf die Knie, verschränkt die Unterarme und legt ihre Stirn darauf ab. Ameisen laufen über die Steinplatte, hektisch berühren sich ihre Fühler, die Hinterleiber vibrieren. Sie schiebt sich eine in den Mund. Kurz bewegt sich der kleine Körper auf der Zunge, eine Stelle brennt, dann schluckt sie das Tierchen.
»Papa, schau mal.« Lotta.
Vic stützt sich mit den Händen auf dem Boden ab und schaut um die Ecke in den Garten, ihre Arme zittern. Karl sitzt auf der Terrasse, einige Meter von ihr entfernt, Lotta steht auf der Wiese und balanciert auf einem Bein, bewegt den Rumpf und das andere Bein in die Waagerechte, kippt, stellt beide Beine auf und versucht es erneut. Karl lächelt, zwischen seinen Fingern dreht er eine Zigarette. Leckt mit der Zunge über das Blättchen und schaut dabei nach oben, fährt mit dem Daumen die Klebestelle entlang. Eine typische Geste, so oft gesehen und bewundert, die geraden und festen Zigaretten, die so entstehen. Karl, der ihr gegenübersitzt. Der seine Zigarette völlig unvermittelt in den Aschenbecher legen, aufstehen, zu ihr kommen und sie hochheben kann, mit festem Griff. Karl zündet seine Zigarette an und holt sein Telefon aus der Hosentasche, tippt darauf, zieht an der Zigarette, hebt den Kopf und blickt auf die Straße, nachdenklich vielleicht.

»Was machst du da?« Lotta hat sich neben ihn gestellt, drückt sich an ihren Vater heran und schaut auf das Gerät.
»Nichts.« Er hält die Zigarette am ausgestreckten Arm nach oben und steckt das Telefon wieder ein.
Annika tritt mit einem Tablett auf die Terrasse. Gemeinsam decken Mutter und Tochter den Tisch. Lotta verteilt Gabeln und Löffel. Karl ist aufgestanden und geht zur Straße vor.
»Wir essen gleich«, sagt Annika.
»Ich hol nur was aus dem Auto.«
Er schnippt die Zigarette auf den Gehsteig und öffnet die Fahrertür. Dabei sieht er die Straße hoch und dann zur Gartenkolonie runter. Vic zieht rasch den Kopf zurück.

Lotta schaukelt mit den Beinen unterm Tisch, erzählt vom Strand, fragt nach Quallen, ob die sie töten können.
»Darfst halt nicht reintreten«, sagt Annika.
»Und wenn ich im Wasser bin?«
»Schwimmst du schnell weg.«
»Und wenn die Qualle schneller ist?«
»Dann sage ich ihr, sie soll dich in Ruhe lassen«, schaltet sich Karl dazwischen.
Die Kleine sagt irgendetwas mit Meer. Schiebt mit der Gabel das Essen auf dem Teller umher.
»Wir gehen sowieso nicht mehr ans Meer«, sagt Annika.
»Warum?«
»Weil wir morgen nach Hause fahren.«
»Bin ich dann bei dir oder bei Papa?«
»Erst kommst du mit zu mir und dann zu Papa.«

Lotta berührt Karl am Arm.
»Papa, bist du traurig, wenn ich nicht da bin?«
Karl sieht sie an. »Magst du nicht noch aufessen?«
»Ich möchte Nachtisch. Was gibt es?«
»Feuerqualle«, sagt Karl.
Annika schnaubt Luft aus, hustet. Lotta schaut ihn an. »Echt?«
»Alle Quallen von unserem Strand habe ich zu einem glibberigen Kompott verkocht, mit viel Zucker und Sahne obendrauf. Magst du?«
Lotta zieht ein I in die Länge.
Vic lehnt sich zurück an die Wand der Laube und zündet sich eine Zigarette an. Skeptisch blickt sie dem Qualm nach, wedelt ihn mit der Hand zum Boden. Den Rauch bläst sie in ihr vorgezogenes Shirt aus, er bauscht sich zwischen Haut und Stoff, brennt in ihren Augen und löst sich langsam auf. Als sie aufsteht, spürt sie, wie steif ihr Körper vom langen Sitzen ist, und drückt den Rücken durch. In dem durchsichtigen Welldach über ihr sammeln sich Moos und Tannennadeln zu einem ungeordneten Muster aus Strichen und Formen. Im Garten nebenan scheppert Geschirr aneinander.
»Ich hol Wein«, sagt Karl.
»Wir haben noch den Reserva. Der muss weg.«
»Ich schaff das schon.«
»Klar, das schon.«
Einen kurzen Moment stehen Karl und Annika einander gegenüber, dann geht Annika mit dem Geschirr ins Haus. Karl streift sich sein Haar hinters Ohr, nimmt die restlichen

Teller. Als er durch die Terrassentür ins Haus will, kommt ihm Annika mit einem Gegenstand in der Hand, den Vic nicht erkennen kann, entgegen. Er tritt zur Seite, lässt sie vorbei und senkt den Kopf.

Vic steht ratlos vor der Laube. Berührt die Türklinke zum Häuschen, drückt sie runter, die Schlossfalle quietscht, sie hält in der Bewegung inne, dann zieht sie langsam die Tür auf. Nach welken Blättern riecht es. Die Vorhänge sind zugezogen, der Raum in orangenem Licht. Links steht ein schmales Bett an der Wand, darauf säuberlich gefaltet eine helle dünne Decke, an der Wand Fotos, in der Ecke eine Kommode. Auf einem kleinen Tisch stehen drei umgedrehte Hocker. Rechts eine einfache Spüle mit einer Kochplatte, darüber ein Wandschrank. Der PVC-Boden imitiert Holzmaserungen. Sie setzt sich auf das Bett, spürt die unnachgiebige Fläche, auf der die Matratze liegt. Durch den seitlichen Spalt zwischen Vorhang und Fenster sieht sie nach nebenan. Zum Rand des Holzrahmens hin erzeugt die Scheibe eine optische Brechung, die das Haus nach oben verschiebt oder den Baum seine Blätter heben lässt, je nachdem, wie Vic den Kopf hält. Sie fährt mit der Hand über die Decke und das Kopfkissen, die leicht feucht sind. Sinkt darauf, der Bezug riecht moderig, darunter versteckt etwas Harziges. Mit den Zähnen reißt sie ein Stück Stoff heraus, ein paar Federn stieben auf. Sie schaut in den Raum. An der Leiste des Unterschranks zuckt ein Staubflusen am Boden. Sie dreht sich auf den Rücken. Ihr Blick fällt auf die Fotografien. Ein Hochzeitsfoto in ovalem Holzrahmen. Die

Braut sitzt auf einem wuchtigen Stuhl, einen Blumenstrauß im Schoß, der Bräutigam steht hinter den Stuhl, stützt den Unterarm auf die Lehne und beugt sich leicht nach vorne. Schön ist sie, sehr schön. Ein breiter sinnlicher Mund, die obere Zahnreihe sichtbar. Die Haare nach oben gesteckt, eine hohe Stirn und zart geschwungene Augenbrauen. Unter dem weißen Kleid ein zierlicher Körper. Seine Brille ist groß, drahtig umrandet und leicht getönt. Die Nase ein länglicher Haken im schmalen Gesicht. Die Haare, akkurat geschnitten, gehen in Koteletten über. Nicht uninteressant, markant. Sie fragt sich, ob seine Hand ihren Rücken berührt, auf dem Bild ist es nicht auszumachen. Vielleicht reibt er den Daumen über den Stoff, bis ihre Haut ihm Widerstand bietet, und streichelt sie dann zwischen den Schulterblättern, während der Fotograf auf den Auslöser drückt. Ihre Augen könnten es verraten, der Blick wirkt nach innen gewendet. Auf einen sinnlichen Eindruck konzentriert? Die zweite Fotografie zeigt ihn, sechzig, vielleicht auch schon siebzig Jahre alt. Die Nase wirkt noch größer und auch die Ohren scheinen mitgewachsen zu sein. Er sitzt im Garten auf einem Plastikstuhl und lächelt. Die Haut wie Schmirgelpapier, bestimmt ein Raucher, die grauen Haare stehen stachlig ab. Das Gesicht ganz ungeschützt und unverstellt, sein Blick freudig, er scheint den Fotografen, die Fotografin zu mögen – eher eine Fotografin, auf jeden Fall ein kleiner Mensch, nur eine leichte Aufsicht auf den sitzenden Mann. Im Hintergrund steht ein Hund mit wolligem Fell, den Kopf schnuppernd zum Boden geneigt. Der Bretterverschlag des Schuppens, Rosen ranken daran.

Vic schaut wieder zum Haus. Ob sie wohl beide auf der schmalen Matratze Platz fanden, sich gemeinsam im Schlaf drehten oder ganz unbewegt ineinandergekuschelt schliefen? Vielleicht war er aber auch schon lange allein, hat allein in der Laube übernachtet. Nein, sie waren beide noch da, ihr angenehmer Geruch ist noch schwach wahrzunehmen. Karl geht durch den Garten. Vic lehnt sich zurück, um ihm im schmalen Sichtwinkel durch das Fenster nachsehen zu können. Die geraden Schultern, das Hohlkreuz und der leicht schlenkernde Gang.

Sie lehnt die Stirn an die Wand. Das Holz unter der Tapete wärmt ihre Haut. Zwischen Bett und Wand klemmt Papier. Leicht schräg wird es vom Rahmen in den staubigen Boden gedrückt. Sie schiebt das Bett von der Wand weg. Der Brief ist an einer Seite vergilbt und gewellt, wahrscheinlich feucht geworden und wieder getrocknet, fransig endet die gelbliche Verfärbung. Sie pustet den Staub ab. »Für H.« steht in verblasster Tinte auf dem Umschlag, in einer feinen, nach vorne geneigten Schrift. Die Lasche zugeklebt, der Inhalt gering, eine Seite, mehr nicht. Das Papier riecht wie eine aufgeschnittene Kartoffel. Sie hält den Brief gegen das Licht und kann eine schmal gesetzte Schrift erkennen, die sich in manchen Zeilen durch die Faltung des Papiers gegenläufig kreuzt. Die Buchstaben frei stehend, gleichmäßig verteilt auf einer imaginierten Linie. »Du niemals zugeben würdest, zu fein ist Dein« und »nicht bei Dir, wird mir das Herz schwer, ein Stein« und »nichts mehr, als daß Du mir eines Tages ver-« entziffert sie.

Erst als es längere Zeit dunkel ist im Haus, ohne das Telefon hat sie keine Uhr mehr, vermutet aber, dass Mitternacht schon vorüber ist, steigt sie über den Zaun der Laube in den Garten des Hauses. Ein Draht verfängt sich in ihrem Oberteil und zieht es von ihr weg, dann ratscht es und der Stoff legt sich auf die Haut zurück. Mit dem kleinen Finger kann sie in das Loch an der Schulter fahren, Fäden stehen ab. Sie setzt sich an den Baum, der Stoff ihrer Kleidung raschelt im Takt ihres Herzschlages. Das Fell ist aufgestellt, die Haare spreizen sich vom Körper ab und heben das Shirt leicht an. Zwischen den Baumwipfeln hindurch sieht sie den Sternenhimmel, aus der Gartenanlage summt und zirpt es. Ein Hase raschelt zwischen Blättern. Endlich gibt sie sich einen Ruck, steht auf, die Bewegung pumpt Hitze und Klarheit durch ihren Körper. Auf allen vieren schleicht sie zum seitlichen Fenster. Vor einiger Zeit hatte Annika dort die Jalousien herabgelassen, während Karl eine Zigarette im Garten rauchte, mit jeden Zug glomm die Spitze heller und beleuchtete sein Gesicht, faltig sah er im roten Schein aus, seinen Blick konnte sie nicht deuten. Sie lehnt sich unterhalb des Fensters an die Wand, die Haare des Fells schieben sich weich zusammen. In ihrer Hand der Stein: kühl, schwer, dunkel. Im Haus brummt etwas gleichmäßig, ein Kühlschrank, eine Klimaanlage. Sie dreht sich auf die Knie und reckt den Kopf nach oben, über das Fensterbrett. Lamellen, sich überlappende grau glänzende Lamellen. Das ist alles, was sie sieht. Kein Blick ins Innere, ins Schlafzimmer, das sie dahinter vermutet. Sie zieht den Kopf wieder zurück. Ein entferntes Wimmern, sie erschrickt, Lotta weint. Sie drückt sich an die Hauswand. Licht wird angeknipst, in dünnen Streifen fällt es vor ihr ins Gras, auf ihre Füße und Knie, die sie näher zu sich heranzieht, mit den Armen umschließt. Das Fell richtet sich gegen die Wand auf. Es tut weh, wie die Haare an der Haut ziehen. Jemand steht auf, Schritte, das Weinen wird lauter, leiser. Noch jemand steht auf. Eine Spülung rauscht, dann läuft Wasser einige Zeit nach, das Geräusch wird immer höher und stoppt unvermittelt. Die Terrassentür wird geöffnet, Vic dreht den Kopf in die Richtung. Ein Stuhl wird verschoben. Kruschteln. Ein Feuerzeug klackt. Karl atmet aus. Sie kann sehen, wie Qualm um die Hausecke in die Dunkelheit stiebt. Der Stuhl scharrt wieder über den Boden, Karl geht ein paar Schritte. Sie hört, wie die nackte Haut der Sohle auf dem Stein klebt und sich wieder löst. Sie verharrt an der Wand.

»Sie hat sich wieder beruhigt. Schlecht geträumt oder so.« Annikas Stimme ist schwerfällig, noch schlafgetränkt.

»Vielleicht von Quallen.« Karl lächelt, Vic hört es an seiner Stimme.

»Kannst du dir die Zähne putzen, wenn du …?« Annika lässt das U hoch in der Luft schweben.

»Weißt du was, ich schlafe auf der Couch.« Karl lächelt nicht mehr.

»Tu, was du nicht lassen kannst. Kennen wir ja schon alles.«

»Ach Nika.« Karl seufzt.

»Ach Nika«, äfft Annika ihn nach.

Vic hört, wie Annika ins Haus geht, Karl atmet langgezogen aus. Dann fliegt seine Kippe in hohem Bogen auf die Wiese, ein Glühwürmchen, das im Gras weiterglimmt. Vic ist hellwach, der Körper dröhnt und rotiert. Noch bevor sie weiß, was sie tut, verlässt sie ihren geschützten Winkel und robbt auf zwei Knien und einem Arm in Karls Sichtfeld, zur Zigarette hin. In der anderen Hand hält sie immer noch den Stein. Sie greift nach der Kippe. Auf den Knien dreht sie sich zu Karl, der unbewegt auf der Terrasse steht. Seine Silhouette zeichnet sich gegen die Terrassentür ab, die Ärmel seines Hemds bewegen sich im Wind. Karl sieht sie mit geweiteten Augen an. Das erkennt Vic trotz der Dunkelheit und der schattigen Höhlen, in denen seine Augen liegen. Sie hockt sich auf die Fersen, nimmt einen Zug, schmeckt feuchtes Gras, dann steht sie auf. Macht einen Schritt auf Karl zu. Kippe links, Stein rechts. Karl geht einen Schritt zurück, wankt kurz, als wackele die Platte, auf die er tritt. Obwohl sie drei, vier Meter von ihm entfernt steht, kann sie ihn riechen. Den herben Eigengeruch, Nikotin, den Wein, Abendessen mit Knoblauch, das Duschgel und, scharf unter den Achseln und gerade eben abgesondert: Angst. Das irritiert sie, wühlt etwas in ihr auf, das sie nicht einordnen kann. Auch sein Blick, mit dem leicht Milchigen in der Iris, ungewohnt, unsicher, als erkenne er sie nicht. Karls Oberkörper bewegt sich ein wenig vor, ohne dass seine Beine sich bewegen. Plötzlich spürt sie die Glut der Zigarette an ihrem Finger, sie lässt den Stummel fallen. Und Karl zuckt zusammen, Schultern und Oberarme zieht er ruckartig an den Körper heran. Sie hebt den Arm, die Hand mit dem Stein. Karl wedelt mit seinen Armen, die Finger wackeln umher, und er macht »gsch gsch«. Wie hilflos er aussieht.

Plump. Vic legt den Kopf schief. Karl macht einen Schritt zurück, die Arme nun über dem Kopf ausgestreckt. Er wirft sie immer wieder nach vorne, den Zischlaut vehementer von sich gebend. Wie stark sein Angstschweiß ist. Das reizt Vic. Sie geht in die Hocke, die Finger berühren das Gras. Karl blickt kurz zur Tür. Vic steckt den Stein in die hintere Hosentasche, er drückt ins Fleisch, der Stoff spannt über ihrem Hintern. Wie Karl schaut. Fast zum Lachen. Sie lässt sich auf alle viere fallen und krabbelt davon.

Erst später riecht sie das Blut, schmeckt es, als sie in der Laube sitzt und die Zunge raussteckt, von einem Kratzer am Mundwinkel. Sie massiert ihre kalten Finger, unter den Nägeln Dreck, atmet heftig ein und aus. Schließt die Augen. Ihre Kopfhaut kribbelt. Das Fell liegt weich auf ihrem Rücken. Nur vom Band ihres Büstenhalters werden die Haare zur Seite gedrückt, kitzeln sie mit dem Heben und Senken ihres Brustkorbs. Sie atmet tief ein, um den angenehmen Effekt zu verstärken, der ganze Rumpf scheint sich mit Luft zu füllen. Dämpfig ist es in dem Raum. Und ruhig. Sie atmet langgezogen aus, öffnet die Augen. Lächelt, spürt im Lächeln, wie ein Lachen nachkommt, lacht.
Die Schuhe streift sie von den Füßen, zieht das Oberteil aus, wirft es in den Raum, es segelt auf den Boden, die Hose hängt sich nach kurzem Flug an einem der Hockerbeine auf. Sie legt sich auf das harte Bett, der Körper pulsiert. Sie starrt die Decke an, dann in den Raum. Setzt sich wieder auf. Ihr Blick fällt auf den Brief.
Sie steht auf, zieht sich an und öffnet die Schublade des

Tischs. Darin neben einem Würfelbecher ein Notizblock und ein Kugelschreiber. Sie reißt ein Blatt ab, knetet ihre Unterlippe, dann schreibt sie. Den Zettel legt sie auf den Boden am Eingang, beschwert ihn mit dem Stein. Schiebt den Brief in die Seitentasche des Rucksacks. Sie verlässt die Laube, der Rucksack, etwas schief auf dem Gepäckträger, neigt das Rad nach rechts. Sie schlägt den Weg durch die Gartenanlage zum Strand ein.

6 Sand knirscht zwischen ihren Zähnen, die Zunge versucht, ihn aus dem Mund zu schieben. Die Backenhöhle ist so trocken, dass sie von den Körnern geritzt wird. Eine Decke liegt auf Vic. Sie hat keine Ahnung, wo die herkommt. Sie richtet sich vom kühlen Boden auf, der Kopf pendelt kurz, bevor er auf ihrem Hals ins Lot kommt. Mühsam sammelt sie Speichel und spuckt aus, Finger helfen nach. Von ihrer Wange rieselt Sand, unter ihrer Kleidung reibt Sand, auch im Fell haben sich Körner gesammelt, die sie herauszuschütteln versucht. Der Rucksack liegt neben ihr. Das Fahrrad steht unter den Bäumen hinter ihr, leicht schief auf den Ständer gestützt und mit zu ihr gedrehtem Lenker und Vorderrad.

Sie hüllt sich in die kratzigen, muffigen Karos der Decke und schaut zum Meer. Das liegt da wie eine ebene Fläche, mit einem dunkelblauen Rand vom Himmel geschnitten. Auf dem kündigt ein gelber Farbstreifen die Sonne an. Vic entkleidet sich und geht ins Wasser, das Fell aufgestellt. Kalt ist es. Das Ufer so flach, dass sie sich mit den Händen auf dem Boden aufstützen und den Körper hin und her schwingend durch das Wasser bewegen kann, dabei zieht sie eine Urinschliere hinter sich her.

Wieder angekleidet und fröstelnd steht sie wenig später mit dem Fahrrad auf dem Höhenweg, blickt um sich, zwischen den Bäumen kann sie vereinzelte Dächer der Kleingartenanlage ausmachen. Sie steigt aufs Rad und fährt am Ufer entlang, stoppt dann, wendet und fährt in die andere Richtung, den Weg zurück, den sie gestern gekommen ist. An der Stelle vorbei, an der Lotta aus dem Wald kam. Vom Waldweg auf die Promenade. Rechts ein Hotel.

Ein Mann mit gelber Weste kurbelt mit dem Arm nach links und sie folgt einem Auto über eine große asphaltierte Fläche, weiße Linien und Pfeile darauf. Sie verengen sich zu zwei Spuren. Bremslichter, das Auto reiht sich hinter ein anderes, schon stehendes ein. In der zweiten Spur warten Lastwagen. Sie fährt auf einem seitlichen Gehweg vor zur Fähre. Ein Mann und eine Frau stehen dort mit ihren Fahrrädern. Beide tragen sie Sandalen und ihre Haut ist von der Sonne gegerbt. Die Satteltaschen an ihren Rädern sehen schwer aus. Der Mann hat ein Handtuch über seinen Lenker gebreitet. Aus dem Bauch der Fähre fahren Wagen, an den Übergängen der Landeklappen zum Ufer schwenken ihre Scheinwerfer kurz auf Vics Augenhöhe, begleitet von den rhythmischen Schlägen der Reifen, die über die Metallverstrebung der Klappe fahren. Ein aufleuchtender und trommelnder Strom, der mit zwei, drei Nachzüglern endet. Ein Mann, auch in gelber Weste, betätigt mehrere Knöpfe an der Rampe. Dann winkt er ihr und dem Paar zu. Der Mann und die Frau steigen auf, Vic zögert. Sie sieht, wie die beiden die leicht abschüssige Klappe hinunterfahren. Das Innere der Fähre ist grell ausgeleuchtet, vier Bahnen zum Parken sind angezeigt. Rohre und Metallleisten an den Wänden. Ein Lastwagen hinter ihr hupt. Sie dreht sich um, Fernlicht blendet auf und in der Fahrerkabine sieht sie eine Hand winken. Sie stellt einen Fuß aufs Pedal, stellt ihn wieder ab. Der Mann in der Weste kommt auf sie zu und ruft etwas, das sie nicht versteht, da der Lastwagen in ihrem Rücken den Motor aufheulen lässt. Sie schiebt das Rad an, steigt auf und fährt an den Rand der Rampe. Steigt ab, schüttelt den Kopf. Der Mann in der Weste gibt ihr zu verstehen, dass sie am Rand stehen bleiben soll. Erst fahren die Lastwagen an ihr vorbei, blasen heiße, nach Benzin stinkende Luft in ihr Gesicht, dann die Autos. Sie schiebt das Fahrrad zurück zum Eingangsterminal, das Ticket für »Fahrrad + 1 Person« verschwindet in einem Mülleimer, dann steigt sie aufs Rad.

Sie lehnt das Fahrrad an die hochgeklappten Sitze, nimmt den Rucksack und setzt sich in ein Viererabteil des Zugs. Lehnt den Kopf an die Scheibe. Erst rauscht es draußen braun und grau an ihr vorbei, dann grün und gelb. Eine Weile verläuft ein weißes Rohr neben den Gleisen, hebt sich leicht, senkt sich wieder einige Zentimeter ab. Plötzlich knickt es seitlich ab, um etwas entfernter weiter parallel zum Zug zu verlaufen, kommt wieder näher, bis es hinter Garagen aus Vics Blick verschwindet.
Zwei Typen setzen sich zu ihr, der eine neben sie, er riecht nach Alkohol. Der andere setzt sich seinem Freund gegenüber. Er trägt eine dunkle Schirmmütze, die mit weißen Ziffern versehen ist, in seine Jogginghose hat er ein weißes Unterhemd gestopft. Abgesehen von den eitrigen Pusteln

um die Nase wirkt sein Gesicht leer. Er schraubt eine »Jägermeister«-Flasche auf, trinkt und haut sich auf die Brust. Dann reicht er sie dem Freund. Im Sonnenlicht, das durch das Fenster kommt, glänzen die blonden Haare auf seinen Armen. Ihr Nebensitzer reibt mit der Hand über die Flaschenöffnung, setzt den Flaschenhals an, sein Oberkörper wankt dabei etwas von vorne nach hinten und zurück.

»Saufen, saufen, saufen«, ruft die Mütze, beugt sich nach vorne und rülpst dem Freund ins Gesicht. Gefolgt von einem kurzen, ausdruckslosen Blick zu Vic.

»Willst du mich vergasen oder was?« Der Typ neben ihr spricht das A aus »was« dunkel und undeutlich aus. Er wedelt mit der Hand vor seinem Gesicht, die Bewegung wirkt unkoordiniert. Dann fällt die Hand in den Schoß zurück und er trinkt abermals.

»Gib her, den Göring-Schnaps«, sagt der andere, »total verzeckt hier.« Eine Kopfbewegung in Vics Richtung, kein Blick.

Die Flasche wandert zurück.

Der Typ neben Vic sinkt in den Sitz, Augen zu, sein Oberschenkel berührt ihren. Der andere dreht am Rädchen eines Feuerzeugs, rüttelt dann am Bein des Freundes, Vic spürt die groben Bewegungen in ihrem Oberschenkel. Der Freund brummt nur. Dann stellt der Typ mit der Mütze die Flasche auf den Boden, steht auf, die Arme weit abgestellt vom Oberkörper, der Schritt ausladend, geht er den Gang entlang. Vic betrachtet das Gesicht des schlafenden Typen neben sich. Es sieht aus, als hätte jemand lieblos aus Ton Wangen, Mund, Nase und Augenhöhlen geformt. Nur die Wimpern sind überraschend lang und fein. Sie schätzt ihn kaum älter als zwanzig Jahre. Der Zug verlangsamt sich und die Schnapsflasche rutscht an Vics Fuß. Vor dem Fenster: ein Stationsgebäude, Fachwerk. Vic nimmt die Flasche und packt sie in ihren Rucksack, verschnürt ihn wieder. Der Junge schnauft im Schlaf. Zwischen den Steinen des Bahnsteigs, an dem der Zug hält, wachsen Gräser.

»Robin, wo ist die Flasche?« Der Typ mit der Mütze weckt seinen Freund unsanft. Der schaut verwirrt.

»Was?«

»Die Flasche, du Flasche!«

Bei dem Typen scheint alles in Bewegung, er schaut unter den Sitz, boxt seinen Freund, der nur müde umhersieht, in den Oberarm. Dann sieht er Vic an. Augen mit einer blassblauen, fast schon kristallenen Iris. Die Lider ziehen sich zusammen und sein Kopf bewegt sich auf ihren zu. Er riecht nach billigem Duschgel.

»Was?«, sagt sie und zuckt mit dem Unterkinn nach vorne, als sein Gesicht kurz vor ihrem ist.

Der Typ blinzelt und weicht zurück.

»Nichts«, sagt er und dann zu seinem Freund gewandt, begleitet von einem neuen Schlag auf den Oberarm: »Du Arschloch. Wir müssen raus.«

79–2, 79–4, 79–8, 80–1, 80–2. Sie zählt leise die Nummerierungen der Masten, an denen der Zug vorbeifährt. Trinkt dann, was sich anfühlt, als dehnte sich ihre Kehle, entfaltete bisher verdeckte Schichten, die in der Atemluft gekühlt werden. Ein blaues rechteckiges Schild hat zwei Punkte,

darunter ein gerader Strich, so dass es wie ein Emoticon aussieht. Stimmung: neutral. Ein warmer See bildet sich in ihrem Magen und dampft die Speiseröhre hoch.
Je nachdem, wie sie den Blick stellt, ist eine Schramme in der Scheibe scharf und könnte die Umrisse eines Wolfskopfs nachbilden, dahinter rasen die braunen Container eines Güterzugs vorbei, oder ein blinder Fleck, der an den Schriftzügen der Container entlangwischt. Der Zug bremst abrupt, der Fleck verlangsamt sich, Schnaps tropft auf ihr Oberteil.
Sie nimmt den Rucksack und geht zur Toilette. Die Kabine ist so eng, dass sie sich an die Wand drücken muss, um den Rucksack abstellen zu können. Sie dreht ihn noch mal, damit die Lasche nicht auf den Toilettensitz hängt. Wühlt dann in ihrer Kleidung. Ihre Oberteile sind verknittert, manche haben Flecken in den Achseln, sie riechen scheußlich. Das blaue Kleid, sie zieht es heraus. Ebenfalls faltig, aber ungetragen. Sie schlüpft aus ihren Schuhen, bleibt auf ihnen stehen, um nicht mit den Füßen den Boden zu berühren, zieht die Hose aus, dabei muss sie sich mit der Hand an der Wand abstützen, dann ihr Oberteil, stopft beides in den Rucksack und zieht das Kleid an. Im Spiegel betrachtet sie sich, von vorne und von hinten. Sie schließt den Rucksack wieder, schultert ihn, öffnet die Tür und geht zurück an ihren Platz.